문장,
고민하다

대구중학교 인본주의

머리말

 문장을 사전에서 찾으면 다음과 같이 나옵니다.

> **문장**[2] 「명사」
> 3. 『언어』 생각이나 감정을= 말과 글로 표현할 때 완결된 내용을 나타내는 최소의 단위. 주어와 서술어를 갖추고 있는 것이 원칙이나 때로 이런 것이 생략될 수도 있다. 글의 경우, 문장의 끝에 '.', '?', '!' 따위의 문장 부호를 찍는다.
>
> 〈표준국어대사전〉

 생각(감정, 사고)을 표현할 때 완결된 내용을 나타내는 최소의 단위. 문장의 정의입니다. 그래서 우리는 다른 사람의 생각을 이해하기 위해서는 그 사람이 쓰는 문장을 이해해야 하고, 내 생각을 잘 표현하기 위해서는 문장을 정교하게 사용해야 합니다.

 따라서 문장을 이해한다는 것은 소통의 기본이라 할 수 있습니다. 그리고 우리는 다른 사람의 문장을 살펴보며 자신의 문장을 가다듬고, 이는 자기 생각을 정리할 수 있는 기회가 됩니다.

우리의 출발점은 바로 이 지점이었습니다. 지금 우리 사회에 필요한 것은 '소통'과 '성찰'일지도 모릅니다. 자신을 되돌아보지 않고, 생각이 다른 사람의 이야기를 들으려 하지 않는 사회. 우리 사회의 모습이자 잘못된 민주시민사회의 모습이 아닐까요? 소통과 성찰은 '나'를 알고 '너'를 이해하며 '우리'가 함께 행복하게 사는 인문학적 삶에 대단히 중요한 내용이라 생각합니다.

　『문장, 고민하다』를 기획하면서 책쓰기 활동이 모쪼록 이 책을 쓰는 학생들에게 '소통'과 '성찰'의 기회가 되었으면 했습니다. 이 소통과 성찰을 통해 학생들이 인문학적 삶을 체득할 수 있으면 했습니다.

　이 자리를 빌려 이 책이 나오기까지 고생을 많이 한 동아리 학생들에게 감사함과 미안함을 전합니다. 이번 일을 계기로 무엇이든 할 수 있다는 자신감을 얻었기를 바랍니다. 그리고 학생들이 편안하게 활동을 진행할 수 있도록 물심양면 지원해 주신 손영자 교장 선생님께도 감사의 인사를 전합니다.

2020년 3월 어느 날
강상준

경주마들은 눈가리개를 착용하고. 그저 앞만 보고 달리라고.

하지만 우리는 앞만 보고 달리는 경주마가 아닙니다.

그러기에 인생이 너무 아름답기 때문이다.

는 게 그렇지 않은가. 중요한 일부터 사소한 일까지
바라는 대로, 뜻한 바대로, 계획대로
되는 일이 얼마나 되는가.

햇살을 본다면 긴긴 어둠이 더

우리는 인간이란 존재에 대해 얼마나 알고 있는가.

힘들었던 과거는 편히 놓아주세요.

스스로를 위대한 존재라고 생각

미련 세계에서 그 위험한 거 아름다운 게

은 생활이 분명 있을 거야 **그러면 행동도 위대하게 변할**

이 생활은 우리를 바라보고 있었죠.

언젠가는 그 겹겹이 쌓인 실패가 실력이

하지만 과거를 돌아보면 후회없

내 인생은 나의 것,

게 할 거라고 믿어.

백지이기 때문에 어떤 것이라도 그릴 수 있습니다.

매일 아침 눈뜨기조차 겹

완벽한 절망이 존재하

별이란 무엇인가?
이러한 질문은 아기의 웃음만큼이나 **자연스러운 것이다.**

차례

멸종, 고민하다

백지민의
문장

2006년 봄에 태어났다.
어쩌다 보니
책쓰기 동아리(인본주의)에 들어와
책을 만들게 되었다.

정말 힘든 사람에게 분발을 종용하는 건
위로일까, 아니면 강요일까.

이기주, 『언어의 온도』, 말글터, 2016.

위로란 말그대로 사람들을 위로해 주는, 즉 치료하는 의미인 것 같고, 강요는 사람들에게 강요하는, 즉 억지로 시키는 그런 의미인 것 같아 둘의 의미는 정말 상극이다.

그런데 이 둘이 왜 같은 상황에 쓰인 걸까? 완전 반대의 성향임에도 불구하고. 일단 결론부터 말하자면 나는 둘 다라고 생각한다. 정말 극도로 힘든 사람에게 분발하라고 하면 그 사람은 더 힘들지 않을까? 그 사람은 그 사람 나름대로 분발하려고 노력하지 않았을까? 노력해도 결과가 좋지 않은 것이라면 상대는 그렇게 생각할 수도 있지만 일단은 노력한 사람에게 위로 한마디를 건네주는 것이 어떨까?

하지만 그것이 위로일 수도 강요일 수도. 그 말을 쓴 사람만 알 수 있을 것 같다. 더불어 그 위로나 강요의 말을 듣는 사람만이 위로인지 강요인지 구별해 낼 수 있고 알 수 있을 것 같지만 말이다.

내가 가진 가장 좋은 것, 최고의 가정에서 자란 시현이 가지지 못한 바로 그것, 허술하고 허점투성이인 부모 밑에서 누리는 내 마음대로의 씩씩한 삶 말이다.

심윤경, 『설이』, 한겨레출판사, 2019.

가장 좋은 것은 뭘까?

물질적인 돈?

소소하고도 확실한 행복, 소확행?

사람들은 성격도 외모도 생각도 다 다르다. 그러면 가장 좋은 것도 다 다를 것이다. 누구는 가질 수 있는 사소한 것일 수도, 또 누구는 대단한 것일 수도 있지만, 이 또한 사람마다 다르다. 생각하기에도 다르니 나의 기준으로 가장 좋은 것은 내가 가지고 있지 않은 것이라는 생각이 든다.

가장 좋아하는 건 날마다 바뀔 수도 있기에 만약 내가 아이돌을 좋아한다면, 좋아하기 시작한다면, 그 아이돌이 그룹일 경우 어제는 유독 그 사람이 좋았는데 오늘은 유독 이 사람이 좋은 것과 같이 변할 수 있을 것이다. 변하지 않을 수도 있겠지만. 마치 뫼비우스의 띠 같지 않은가?

글쎄 그런 것을 다 떠나 자신이 가장 좋아하는 것을 찾기를 바라지만, 가장 좋은 것을 찾지 못 하면 어떠냐? 그냥 어느 날이, 어느 순간이 행복하여 삶이 행복하기를 바란다.

세상엔 나쁘기만 한 일도 좋기만 한 일도 없지.

윤혜진, 『저마다의 별을 찾아서』, 넥서스BOOKS, 2018.

다들 원하는 일만 하고 싶지만 하기 싫은 일도 해야 한다. 청소하는 사람들이 없었더라면 길거리는 이미 쓰레기 천지였을 것이고, 공사하는 사람들이 없었더라면 건물을 짓지 못하는 것처럼.

사람들은 육체적 노동, 땀 흘리는 것, 더러운 것, 돈 적게 주는 것 등을 싫어한다. 웬만하면 여름엔 시원한 곳에서, 겨울엔 따뜻한 곳에서 일하는 것이 좋고, 깨끗한 환경에서 일하는 것이 좋고, 별로 일을 하지 않아도 돈을 많이 주는 것이 좋기 때문이다.

더 힘들다고 해서, 하기 싫다고 해서 하지 않는다면 어떻게 될까? 영화에 있을 법한 일처럼 되지 않을까? 지구에는 쓰레기들이 넘쳐나고 과학기술만 발달하여 인간이 하기 싫은 일을 로봇들이 다 해주어서 인간은 점점 퇴화된다고 해야 하나? 로봇이 없으면 걷지도 못하고, 밥을 먹으려 숟가락을 드는 것조차 못하게 되어서 로봇이 없으면 살 수 없을 것 같은 영화랄까.

사실 인간은 할 수 있다. 안 하는 거지 못 하는 것은 아니기에. 그래서 결론은 나쁜 일과 좋은 일이 명확하게 구분되는 일은 없을 것 같다. 어떤 일이든 장단점이 있으니 말이다. 또한 일이 마냥 좋기만 하더라도, 마냥 싫기만 하더라도 그것이 살아가기 위한 방식이기 때문에 억지로든 해야 되지만 말이다.

생각이 너무 많은 날은 생각 쓰레기통이 있었으면
좋겠습니다. 어떤 생각이어도 적어서 넣으면
사라지는 쓰레기통이.

글배우, 『타인의 시선을 의식해 힘든 나에게』, 21세기북스, 2019.

'생각 쓰레기통'은 어쩌면 생각이 복잡하면서 많을 때 정리하는 용도로 사용해도 좋을 것 같지만 추가하고 싶은 것은 쓰레기통에 보관 기능이 있었으면 좋겠다. 잠시 중요한 생각은 그만하고 쉬어가고 싶을 때 넣어두다가 필요할 때 꺼내 쓰는 것처럼.

하지만 인간에게 왜 기억력이 존재하겠는가? 쓸모없는 생각은 며칠 후에는 기억이 나지 않는 것처럼 생각이 너무 많은 날이어도, 며칠이 지나면 쓸모없는 생각들은 싹 기억이 나지 않는데 중요한 생각이라면 오래 남을 것이다. 생각이 너무 많은 날에 필요 없다고 아무 기억이나 쓰레기통에 넣어버리면, 그 당시에는 쓸모없고 머리만 복잡할 수 있는 생각이지만, 훗날 나중에는 중요한 생각으로 필요한 날이 올 것이다. 사실 중요한 생각도 몇년 후에는 기억이 나지 않는다. 중요한 생각이 필요한 날에 생각 쓰레기통에 넣어 둔 기억은 마치 전구를 켠 듯 떠오를 것이니 말이다. 물론 드문드문 떠오르며 기억이 날 수도 있다. 앞서 말했듯이 인간의 기억력이 그렇게 좋은 것이 아니라 사소한 일도, 중요한 일도 쉽게 기억이 나지 않기 때문에 중요한 일들을 메모하기도 하고 어떤 날까지 중요한 일들을 마치려고 달력에 적어 놓듯이 말이다.

사는 게 그렇지 않는가. 중요한 일부터 사소한 일까지
바라는 대로, 뜻한 바대로, 계획대로
되는 일이 얼마나 되는가.

이현,『동화 쓰는 법』, 유유, 2018.

이 나이에 인생을 논하는 건 어처구니가 없겠지만서도 인생이란 게 그렇다. 뜻한 바대로, 원하는 대로, 계획대로 되지 않는다. 하는 모든 일에 선택이 있고 하는 선택마다 책임도 있다. 무게는 다를지 몰라도.

그럼 그중에서 한 가지 선택을 한다면 그로 인해 포기해야 하는 일들이 있을 것이며 선택을 한 사람이 후회할 수도 있을 것이다. 선택하는 순간은 다시는 돌아오지 않을 테니깐. 물론 선택을 회피할 수도 있다. 그것도 한 가지 선택이니. 하지만 다시 선택을 해야 되며 더 어려울 수도, 더 쉬울 수도 있다.

예를 들자면 두 갈래 갈림길이 있을 때, 그 두 가지의 길이 아닌 새로운 길을 개척하거나 지름길로 갔을 때, 처음 보는 길이라고 할지라도 갈수록 익숙한 풍경이 보일 수 있다. 익숙한 풍경은커녕 새로운 풍경만 보여도 길을 찾을 수 있을 것이고 길을 잃을 수도 있을 것이다.

만약 길을 잃었을 때 길을 다시 선택해야 하는 순간이 오면 또 다른 길을 찾거나 개척할 것인가? 아니면 왔던 길로 다시 돌아갈 것인가? 물론 후자는 길을 헤맬 수도 있다. 이처럼 선택이 중요한 이유는 선택에는 책임이 따르고 결국 대가까지 요구하기 때문이지 않을까?

한 잔은 너무 많지만, 천 잔은 너무 적다.

심영섭, 『지금, 여기, 하나뿐인 당신에게』, 페이퍼스토리, 2014.

'한 번은 어려워도 빠져들면 헤어나 올 수 없는, 일시적이지만 상상 그 이상을 느낄 수 있어 계속하고 싶은' 그런 뜻인 것 같다. 약간 마약이려나? 마약은 사람을 흥분시키며 환각을 보이게 하고 정신력을 해칠 뿐만 아니라 자꾸만 찾게 되며 찾는 만큼 구하지 못하면 욕구 불만, 신체적 금단증세에 시달려 마약을 구할 수 있는 '범죄'를 저지른다. 참 무서운 것이다. 담배도 의존성이 있다. 자꾸만 찾게 되며 담배를 끊으려고 했을 땐 이미 폐가 망가져 있다.

둘의 공통점은 '중독'이지 않을까. 자꾸만 생각나고, 안 하면 미치겠고, 하면 다시 원래 상태로 되돌아오는 게 뫼비우스의 띠이려나. 계속 반복되는 것을 끊기 위해서는 원래 하던 양을 조금씩 줄여가서 나중에는 아예 하지 않아도 금단증세가 나타나지 않도록 해야 한다. 소량의 양일지라도, 다시 돌아온다고 할지라도 제 모습을 찾긴 어려울 것이다. 후회를 하더라도 다시 그 순간으로는 돌아가기 힘드니 호기심 또는 스트레스를 풀려고 하여도 다시 생각하여 정말 내가 이런 짓을 해야 하는지 많이 고민을 해 보는 것이 좋은 방법이라고 생각한다.

아들러는 여러 가지 구실을 만들어서 인생의 과제를
회피하려는 사태를 가리켜 '인생의 거짓말'이라고 했어.

고가 후미타케·기시미 이치로, 『미움 받을 용기』, 인플루엔셜, 2014.

거짓말을 큰 종류로 나누자면 선의의 거짓말, 악의의 거짓말이 있다. 그럼 '인생의 거짓말'은 악의에 속할까, 선의에 속할까?

내 생각엔 중립인 것 같다. 둘 다에 속해 있으니 말이다. 그러면 '인생의 거짓말'은 좋고 나쁨의 기준이 없다는 뜻일까? 기준이 없기보다는 상황에 따라 다를 것 같다. 예를 들면 선의의 거짓말은 상대방이 '나 예뻐?'라고 물어봤을 때 예쁘지 않아도 '예뻐'라고 하는 것이고, 악의의 거짓말은 실제 잘못한 일이 있을 때 잘못하지 않았다며 말하는 것이다.

예로 든 이 두 가지의 상황은 상대방의 말을 피하려는 공통점을 가지고 있다. 전자의 상황에서 예쁘다고 하지 않는다면 이 의견을 받아들이는 사람들보단 받아들이지 않는 사람들이 많고, 그 사람들 중 속상해하는 사람이 많기 때문에 예쁘지 않아도 '예뻐'라고 말하며 회피하는 것이고, 후자의 상황은 실제 잘못한 일이 있을 때 '잘못했다'라고 말하는 사람은 별로 없다. 변명을 하거나 남 탓을 하거나 '잘못하지 않았다'라며 회피할 뿐.

이로써 선의의 거짓말, 악의의 거짓말, '인생의 거짓말'은 회피하려는 공통점이 있다는 것을 알 수 있다. '회피'는 마냥 좋기만 한 것은 아니다. 언제까지나 피할 수는 없는 법이니 말이다. 때로는 피하지 말고 현실적으로 그 문제에 대해 직접 부딪혀 보는 것이 괜찮은 방법이라고 생각한다.

그냥 너무 즐거울 게 없어 보였어요.

강세형, 『나를, 의심한다』, 김영사, 2015.

즐거울 게 없어 보인다는 것은 나 자신이 한 말이 아니라 나의 모습을 본 상대가 말하는 것인데, 과연 나의 모습이 어떻길래 이런 식으로 말하는 것일까? 진짜 즐거울 게 없는 모습이었을까, 아니면 진짜 즐거운 모습이었을까? 그건 자신이 알 것 같다.

어쨌거나 저렇게 말을 하는 것은 어느 정도의 확신을 바탕으로 단정을 짓고 있지 않은가? 정작 내가 저런 식으로 말을 한 것도 아니다. '너무 즐거울 게 없다.'라는 뜻이 담긴 문장도 말하지 않았고. 그런데 왜 자신의 마음대로 생각할까? 그냥 멍을 때리고 있는 것일 수도 있고, 잠이 와 눈에 초점이 없는 것일 수도 있는데 심지어 근거는 '그냥'이라는 한 단어일 뿐. 아무 뜻도 없는 단어이다. 자고로 근거란 상황을 모르는 사람도 이해할 수 있도록 또한 타당한 내용을 설명하는 것이 아니던가. 단정을 짓는 건 매우 나쁜 습관, 태도인 것 같다. 단지 한 상황만으로 사람을 범죄자로 가해자로 피해자로 만드는 건 정말 너무한 것 같다.

그러니 무턱대고 상황만 보고 판단하거나 파악하려 하지 말고 그 상황과 관련된 사람들에게 어떤 일이 일어났는지 듣고 잘못한 사람에게만 벌을 줘야 하지 않을까? 단정을 짓는 행동 등은 하지 말아야 한다.

어른들은 더 이상 명랑하고 순수하고
제멋대로이지도 않기 때문이야.

제임스 매튜 배리, 『피터팬』, 글담, 2013.

어른들은 '더 이상' 명랑하고, 순수하고, 제멋대로이지도 않다는 말은 어렸을 적에는 명랑하고, 순수하고, 제멋대로였다는 뜻일까? 어른들이 어렸을 적, 그들도 아이였다. 현재 누군가의 부모, 조부모일지라도. 그럼 아이들은 명랑하고, 순수하고, 제멋대로일까? 물론 그렇지 않을 수도 있다. 철이 일찍 들어 제멋대로이지 않을 수도, 이미 악에 물들어 순수하지 않으며 우울할 수도 있다. 하지만 아이의 본질은 명랑할 수도, 순수할 수도, 순수하지 않을 수도, 제멋대로일 수도 있기에 각자 자라온 환경, 언어, 문화 등이 달라 바뀔 수 있다. 크면 클수록 성격이 바뀐다든지 다른 행동을 한다든지 그렇게 바뀌어 간다.

사람들은 대부분 '부모는 자식의 거울이다'라는 말처럼 부모의 식습관, 관심 가지는 분야 등 부모의 영향으로, 아니면 부모와는 다른 길을 걸을 수도 있고 자신의 주변 사람들의 영향으로 바뀌어 가고 있다. 이래서 '친구 잘 사귀어라' '친구 따라 강남 간다'라는 말도 있는 듯 싶지만, 굳이 부모나 주변인의 영향을 받지 않고 자신만의 길을 찾는 것도 좋은 것 같다. 또한 영향을 받더라도 너무 신경 쓰지 않았으면 한다. 영향을 받았다고 해서 자신이 부모 또는 친구, 주변인이 되는 것은 아니니 말이다.

햇살을 본다면 긴긴 어둠이 더 무서워지겠지.

최강희, 『사소한 아이의 소소한 행복』, 북노마드, 2009.

평생을 긴긴 어둠 속에 있다면 어느새 익숙해지고, 적응이 돼 가며 편안해진다. 마치 기나긴 여행을 하고 돌아온 집처럼 편안함을 느낀다. 또한 평생을 긴긴 빛 속에 있는 경우도 그러하다. 그런데 평생을 긴긴 어둠 속에 있던 자가 긴긴 빛 속으로, 평생을 긴긴 빛 속에 있던 자가 긴긴 어둠 속으로 한순간에 바뀌어 버린다면 어떻게 될까?

처음에는 무서울 수도 있다. 평생을 살던 곳이랑은 완전히 반대인 곳이니. 하지만 이 또한 적응을 해 버린다. 그리고 장점을 느낄 수도 단점을 느낄 수도 있다. 내 생각엔 장점을 더 많이 느낄 것 같다. 그러면서도 살던 곳이 그리운 상황일지도 모르겠다. 다시 자신이 살던 곳으로 돌아가면 마치 꿈을 꾼 것 같을지도 모른다. 반대인 곳에 더 적응이 되었을지도 모르니. 마치 깨지 않고 싶은 꿈을 깬 것 같은 느낌이려나. 머리는 여기가 원래 살던 곳이라고 생각할 수도 있지만, 과연 마음도 같을까? 깜깜했던 어둠 속에 밝은 빛이라니, 밝은 빛 속에 깜깜한 어둠이라니. 앞으로 꾸지 못할 꿈 같다. 마치 상상만 하였던 일들이 실제로 현실에 나타나 신기할 것 같은 일들이 일어나는 것처럼 말이다.

문정, 고민하다

할 일에는 진지하지만 평소에는 밝은 사람.
대구에서 태어나 중학교를 다니는 중임.
책은 처음 써 보고 고민이 많은 학생임.
그렇지만 그것을 빨리 해결하려고 노력함.

김혜주의 문장

행복은 우리를 바라보고 있어요.

곰돌이 푸, 『곰돌이 푸, 행복한 일은 매일 있어』, 알에이치코리아, 2018.

요즘에는 인터넷에 검색을 하면 스트레스를 받지 않는 방법이나 행복해질 수 있는 방법에 대해 찾을 수 있습니다. 또 항상 화가 나고 슬퍼도 긍정적으로 생각하면 행복해질 수 있다고 생각합니다. 그래도 너무 우울하다면 자신이 하고 싶은 걸 하면 기분이 나아질 수 있습니다. 저는 우울하거나 기분이 좋지 않을 때 친구들을 만나서 놀거나 좋아하는 영화, '해리포터' 시리즈를 봅니다. 이러한 방법을 통해 저는 스트레스를 풀거나 우울한 감정을 잊으려고 노력했습니다. 그리고 우리는 굳이 노력하지 않아도 쉽게 주변에서 행복을 찾을 수 있습니다. 예를 들면 배고플 때 밥을 먹는 다거나 피곤할 때 잠을 자는 행동 등 여러 가지의 방법이 있습니다.

　우리는 부정적인 생각이 아닌 긍정적인 생각을 하려고 노력을 해야 합니다. 슬프거나 우울한 상태에서 부정적인 생각을 하면 마음이 불안해지고 일어나지 않은 일에 대해서 걱정하기 때문입니다. 그래서 저는 이 문장을 자신이 불행하다고 느끼는 사람, 자기 스스로에게 자신이 없는 사람, 스트레스를 많이 받는 사람들에게 보여주고 싶습니다. '행복은 우리를 바라보고 있어요.'라는 문장을 보고 많은 사람들에게 희망을 주고 싶습니다. 저는 불행하다고 생각하는 사람들에게 "노력을 하지 않아도 행복해질 수 있습니다. 그러니 절망에 빠지지 마세요."라고 말해 주고 싶습니다.

지루함만 가득했던 내 일상을
여행길 위에서도 그리워하는 나를

요적, 『처음 살아보니까 그럴 수 있어』, 마음의숲, 2018.

저의 일상은 학교에 가고 학교가 끝나면 집에 가는 것으로 마무리가 됩니다. 항상 똑같은 하루가 반복됩니다. 그래서인지 일상이 지루하게 느껴집니다.

가끔 가족과 여행을 가게 되면 지루했던 일상의 기억을 잊고 기쁜 마음과 기대감을 안고 떠납니다. 여행을 하는 도중 몸이 피곤하고 힘들 때에는 '지친다'는 생각이 듭니다. 이런 마음이 들 때 저는 집 또는 일상으로 돌아가고 싶다는 생각이 듭니다.

지루한 일상에서는 여행을 가고 싶어 하지만 여행을 갔을 때 집에 가고 싶다고 생각하는 것이 참 신기한 것 같습니다. 여행의 풍경은 정말 아름답지만 집이나 일상으로 돌아가고 싶은 그리움을 없애는 건 어렵다는 것을 느끼게 되었습니다. 평소에 저는 지루한 일상을 피하고 싶어서 여행을 가고 싶다고 생각했지만 막상 여행을 가보면 생각과는 다르게 집에 돌아가고 싶다는 생각을 합니다. 물론 힘들고 지칠 때 말이죠.

그러나 자신의 일상과 다른 사람의 일상을 비교하지 마세요. 만약 비교를 하게 된다면 나의 일상은 더욱 지루해지고 보잘것없는 것이라는 생각이 들 것입니다. 나의 일상은 누구보다 소중하고 가치가 있습니다. 내가 다른 사람의 일상을 부러워하듯이 마찬가지로 나의 일상도 다른 사람에게는 부러움의 대상이 될 수 있습니다.

그리고 언젠가는 그 겹겹이 쌓인 실패가 실력이 되어
나를 날게 할 거라고 믿어.

요적, 『처음 살아보니까 그럴 수 있어』, 마음의숲, 2018.

이 문장의 상황은 타조가 날기를 목표로 하고 성공하기 위해 계속 날기 연습을 합니다. 그러나 계속 실패를 하게 됩니다. 하지만 타조는 포기하지 않고 연습을 하여 성공하게 됩니다.

'그리고 언젠가는 그 겹겹이 쌓인 실패가 실력이 되어 나를 날게 할 거라고 믿어.'라는 문장의 의미는 실패라는 것은 자기 자신이 이루고 싶은 목표를 이루기 위해 다양한 방법을 찾는 과정이라고 생각합니다.

실패는 잘못이 아닌 성공을 하기 위해 노력한 과정이니 부정적으로 생각하는 습관을 바꾸어야 합니다. 실패를 하더라도 또 다시 고쳐 나가면 되기 때문이죠. 자신이 이루고 싶은 것과 새로 도전하고 싶은 것도 실패의 과정을 통해 노력을 한다면 이루지 못할 것이 없다고 생각합니다.

저는 학교 스포츠 동아리 중 피구 동아리를 하고 있습니다. 피구 전국 대회에 나가고 싶었으나 실력이 모자라서 나가지 못하였습니다. 하지만 그 후 열심히 피구 연습을 하여 동아리 친구들에게 인정받게 되었습니다.

아무리 어려운 목표라도 노력을 하면 된다는 생각이 들었습니다. 모든 사람들은 자신이 하고 싶을 것을 이루려고 노력합니다. 그러니 이루려고 한 목표를 포기한 사람들도 다시 도전을 하고 성공을 꼭 하셨으면 좋겠습니다.

뭔가를 시작하기엔 늦은 것 같고
그렇다고 아무거도 안 하기엔 아쉽다면 일단 시작해 보자.

한덩이, 『너를 만나 삶이 맛나』, 봄틈, 2019.

학교에서 배운 수업 내용을 복습하지 못해서 후회한 적이 있습니다. 친구들은 쉽게 이해하였지만 저는 이해하지 못해서 속상한 적이 있습니다. 그래서 이해하지 못한 내용을 어떻게 다시 공부해야 할지 몰랐습니다.

『너를 만나 삶이 맛나』 내용 중 '시작이 반이다'라는 문장이 있습니다. 저는 그 문장을 읽고 '그래도 아직 늦지 않았구나.'라는 생각이 들었습니다. 그래서 바로 생각을 고쳐서 시작해야겠다는 생각이 들었고 다음부터는 고민이 생겼을 때 고민을 긍정적인 생각으로 바꾸어야 한다는 것을 느꼈습니다. 그 후 행동으로 바로 실천하려고 노력을 했습니다. 자신이 마음을 먹고 노력을 하면 할 수 있다고 생각합니다.

노력을 하겠다고 생각만 하는 사람은 자신의 고민을 해결할 수 없지만, 실천으로 옮긴다면 고민을 해결할 수 있을 것입니다.

저는 초등학교 때 키가 또래 친구들에 비해 작았습니다. 키가 크지 않아서 고민이었으나 중학교에서 피구부를 하면서 키가 조금씩 컸습니다. 초등학교 졸업 후에 키가 5cm 이상 컸고 고민을 해결하게 되었습니다.

고민을 해결하려고 노력해 보세요. 해결을 하기 위해 노력한다면 더 이상 고민은 아닐 것입니다.

힘이 들 땐 힘이 든다고 말할 것

김수현, 『나는 나로 살기로 했다』, 마음의숲, 2016.

저에겐 평소에 힘든 일이 별로 없습니다. 하지만 가끔씩 힘이 드는 일이 생기곤 합니다. 그럴 땐 친한 친구 또는 친한 언니에게 힘든 일을 말합니다. 힘든 일을 친구 또는 친한 언니에게 말을 하고 나면 속이 한결 편해집니다. 그리고 친구들과 언니들은 저에게 많은 조언과 위로를 해줍니다. 조언을 듣고 서로 힘든 것을 공유하고 공감해주니 점점 사이도 가까워진다고 느껴집니다.

예전에 친구가 저에게 살이 빠지지 않는 것이 너무 슬프다며 하소연을 한 적이 있었습니다. 저는 운동을 자주 하는 것이 좋은 방법이라고 조언을 해주었고 친구는 고마워했습니다. 저는 친구의 하소연에 대해 조언을 해주고 친구가 우울하지 않은 모습을 보았을 때 마음이 정말 홀가분해졌습니다.

저는 힘든 것을 말해주는 사람과 그것을 듣고 조언을 해주는 사람, 이 두 가지의 입장이 되어보면서 힘든 것을 이야기하는 것이 더 어렵다는 것을 느꼈습니다. 상대방에게 털어놓을 때 말을 할지 말지 고민되기도 하고 힘들었을 때의 상황이 기억나기 때문입니다.

그러나 여러분들은 어떠한 문제가 생겼을 때 혼자 짊어지려 하지 말고 다른 사람들에게 도움을 요청하셨으면 좋겠습니다. 사람들은 생각했던 것과는 달리 위로와 공감을 해주고 언제나 손을 내밀어 줄 것입니다. 그러니 힘든 것을 말하는 것에 대해 두려워하지 마세요.

지치고 힘들었던 과거는 편히 놓아주세요.

Aran Kim·안다연, 『페코, 인생은 달콤한 것이 좋아』, 알에이치코리아, 2019.

모든 사람들은 어떠한 일에 대한 후회를 합니다. 그렇지만 이미 지나간 과거이니 되돌리기는 어렵죠.

저는 다섯 살 때 미용실에서 파마를 한 적이 있었습니다. 그런데 미용사가 파마를 망쳐서 매우 기분이 상한 적이 있습니다. 어린 마음에 저는 상처를 받았습니다. 그때의 트라우마로 인해 초등학교 고학년이 될 때까지 단한 번도 파마를 한 적이 없습니다. 이 일이 일어난 이후에 파마를 망친 기억에 대해서 후회하고 슬퍼하였습니다. 초등학교 고학년이 되자 그때의 기억이 점점 괜찮아져서 파마에 한 번 더 도전하고 싶어졌습니다. 그래서 어릴 적 트라우마를 깨고자 엄마와 함께 미용실을 방문하여 파마를 하게 되었습니다. 마음가짐을 다르게 먹고 파마를 하고 나니 생각보다 괜찮다는 기분이 들었습니다. 저는 트라우마를 깨고자 용기를 낸 덕분에 과거에 대한 상처를 이겨낼 수 있었습니다.

자신을 과거에 묶어두고 계속 생각할수록 상처가 더욱 깊어진다는 생각이 들었습니다. 상처는 누구나 있다고 생각합니다. 그러나 상처를 계속 떠올리면 결국 자신만 힘들어집니다. 그 상처를 극복할 수 있도록 노력을 해보세요. 극복하고 나면 생각보다 별 거 아니라는 것을 느낄 수 있을 겁니다.

자신이 잘하는 것에 집중하세요.

Aran Kim · 안다연,『페코, 인생은 달콤한 것이 좋아』, 알에이치코리아, 2019.

모든 사람은 자기 자신이 잘 하는 것이 한두 개 정도는 있다고 생각합니다. 내가 잘 하는 것을 좋아하는 것으로 이어갈 수도 있습니다.

저는 친구들보다 사진 찍기를 잘 합니다. 사진 찍기를 잘 하다 보니 저는 친구들에게 사진을 자주 찍어줍니다. 저 스스로 잘 한다고 생각하니까 더욱 사진을 많이 찍게 됩니다. 친구들과 주변에서 칭찬을 해주니 흥미도 생기고 사진을 잘 찍기 위해 연습도 합니다. 누군가에게는 보잘것없는 취미일지 몰라도 저에게는 사진 찍기가 소중한 취미입니다.

세상에는 사소한 취미가 적성에 맞아서 직업으로 하게 된 사람들도 있습니다. 그 사람들은 자신이 잘 하면서도 좋아하는 것을 하기 때문에 다른 사람들보다 더 행복감을 느끼고 즐겁게 일을 할 수 있을 것입니다.

잘 하는 것이 없어서 자신이 무능력하다고 생각하는 사람들이 있습니다. 이런 생각을 가진 사람들은 큰 것부터 찾지 말고 소소하면서도 잘 하는 것을 찾아보세요. 그리고 그 능력을 점점 발전시킨다면 앞으로 여러분에게 좋은 방향이 될 수 있습니다.

우리는 불안할 일이 너무 많은 세상에서 산다.

김수현,『나는 나로 살기로 했다』, 마음의숲, 2016.

불안이란, 과거의 부정적이고 두려운 경험으로 인해 다시 그 일이 반복될 지도 모른다는 막연한 생각을 떠올리는 것을 말합니다.

　항상 학교에서 음악 수행평가를 공개적으로 할 때 저는 불안함을 느꼈습니다. 연습할 때는 악기를 잘 다루어서 자신이 있었습니다. 그런데 실제로 음악 수행평가 시험을 칠 때 실수하여 다시 시험을 보게 된 적이 있었습니다. 그 이후에 또 실수할 것 같다는 생각에 항상 음악 수행평가 시험을 칠 때 긴장하고, 두려워했습니다.

　저 역시도 다른 사람들처럼 불안함이 너무 많은 세상 속에서 사는 것 같다는 생각이 들었습니다. 불안함을 뛰어넘기 위해 음악 수행평가를 치기 전에 악보를 보지 않고 연습을 하기 시작했습니다. 이렇게 연습을 하니 실수도 덜 하였습니다. 저는 음악 수행평가를 칠 때도 악보를 보지 않도록 노력하였습니다. 그래서 음악 수행평가를 칠 때 이러한 방법으로 불안함을 극복하였습니다.

　불안은 노력을 해서 극복할 수 있습니다. 제가 노력을 하여 음악 수행평가를 칠 때 불안함을 극복했듯이 불안하다고 스스로 생각이 든다면 극복을 할 수 있도록 노력을 해 보세요.

그럼 언젠가 불행에서 벗어나려고 사는 게 아니라
행복해지려고 사는 날이 오겠죠.

요적, 『처음 살아보니까 그럴 수 있어』, 마음의숲, 2018.

이 문장은 불행에서 빠져나가지 못하는 상자가 펭귄과 금붕어를 만나 불행과 행복에 대해 이야기를 나누는 상황입니다. 제가 이 문장을 고른 이유는 불행에서 빠져나오지 못하는 사람들에게 보여주고 싶었기 때문입니다.

저도 불행하다고 생각한 적이 있었습니다. 초등학교에서 중학교 배정을 받을 때입니다. 저는 가고 싶은 중학교가 있었습니다. 그렇지만 그 학교는 가지 못하고 친한 친구들과 떨어지게 되었습니다. 다른 학교에 배정을 받았을 때 '운이 정말 안 좋구나.'라는 생각을 했습니다. 친구들과 학교를 떨어져서 몹시 슬펐고 이렇게 될 줄 몰라서 놀라기도 했습니다.

그러나 중학교를 다니면서 스포츠 동아리에 들어갔고 그 후 친한 친구들도 많아져서 불행하다는 생각을 하지 않게 되었습니다. 이제는 불행하다는 생각보다는 오히려 이 학교를 다니는 게 저한테 도움이 되었다는 생각을 하고 있습니다. 저는 '친구들과 헤어지게 되더라도 불행하다는 생각을 하지 말자.'라는 다짐을 하였습니다.

사람마다 불행의 기준이 다르다고 생각합니다. 그러니 남이 생각하는 큰 불행이 나에게는 작은 불행이라고 생각하면 안 됩니다. 불행에서 싸우다 보면 언젠간 자신이 불행에 빠져 더 불행해질 겁니다. 그러나 불행을 이긴다면 행복해지는 모습을 볼 수 있을 것입니다.

우리는 타인과 경쟁해서 이기려고
이 세상에 태어난 게 아니에요.

Aran Kim · 안다연, 『페코, 인생은 달콤한 것이 좋아』, 알에이치코리아, 2019.

이 세상에 살고 있는 사람들은 모두 각자의 속도로 다른 인생을 살고 있습니다. 자신이 남과 다르다고 자신의 탓을 하면 안 됩니다.

저는 중학교를 올라와서 학교 스포츠 동아리에 첫 번째로 들어갔습니다. 하지만 다른 친구들보다 실력이 뒤처져서 슬퍼하고 열등감을 느낀 적이 있습니다. 저를 친구들과 비교를 하여 뒤처진다고 생각을 하였습니다. 그래서 저는 친구들보다 뒤처지지 않으려고 열심히 노력하고 연습을 했습니다.

그러나 어느 날 저는 『페코, 인생은 달콤한 것이 좋아』를 보고 깨달았습니다. 책 내용 중 '우리는 타인과 경쟁해서 이기려고 이 세상에 태어난 게 아니에요'라는 문장을 보고 뒤처지더라도 차근차근하면 된다는 생각을 하였습니다. 저는 타인과 나를 비교하려는 생각을 하지 않으려고 노력하였습니다. 그래서 지금은 비교를 하지 않고 저의 속도대로 가고 있다고 생각합니다. 경쟁 결과에 목숨을 걸 필요는 없으니까요. 남과의 비교보다는 자신의 마음이 더 중요합니다.

경쟁 결과에 신경을 쓰거나 남과 자신을 비교하지 마세요. 남과 비교를 하면 자신이 잘 할 수 있다는 마음은 점점 식어가고 있을 겁니다. 남과의 비교에 목숨 걸지 말아 주세요.

문장, 고민하다

박수빈의
문장

대구중학교 1학년 박수빈입니다.
동아리 활동을 하면서
손이 많이 아프기도 하고
뭘 쓸까 고민도 많이 했습니다.
그래도 결과물을 보니 뿌듯하네요.
(하지만 다음에 또 하고 싶지는 않네요.)

어차피 뭘 해도 저 사람들은 나를 욕할 테니,
차라리 내가 하고 싶은 걸 하고 욕은 먹겠다고,
자신을 위해 선택할 수 있는 여자가 쌍년이라면,
차라리 쌍년이 되겠다고

민서영, 『쌍년의 미학』, 위즈덤하우스, 2018.

내가 어떤 행동을 하든지 날 욕할 사람은 욕한다. 연예인으로 생각하자면 안티팬 같은 것이다. 안티팬은 연예인이 착한 짓을 해도 나쁘게 생각하여 악플을 단다.

악플 때문에 스트레스를 받는 사람은 수도 없이 많다. 이와 같이 내가 뭔 짓을 해도 욕먹는다면 차라리 내가 하고 싶은 걸 하고 욕을 먹는 게 좋을 거 같다. 욕먹어서 두려운 마음에 숨어사는 것보단 당당히 하고 싶은 걸 하고 욕을 먹는 게 더 나은 것 같다.

욕하는 사람들은 어떻게든 욕먹게 하려고 애를 쓴다. 하지만 자신이 당당하게 다닌다면 그건 최고의 복수일 것이라고 생각한다.

매일 아침 눈뜨기조차 겁났던 그때,
밤마다 내일은 깨어나지 않았으면 했던 그때,
그때도 지금 돌아보니 기특한 추억이더라.

민서영, 『쌍년의 미학』, 위즈덤하우스, 2018.

이 문장은 나에게 들려주고 싶은 문장이다. 나는 초등학생 때 저런 생각을 한 적이 있다. 그 어린 나이에 친구 관계의 중요성을 알게 되었고, 철없는 어린아이에서 성숙하게 변했을 때가 열두 살이었다. 진짜 독감 걸렸을 때보다 아팠고, 이런 생각을 했던 것 같다. 학교를 가기 싫었던 것은 아니다. 그냥 후회되었다.

'내가 말발이 좀 만 더 세다면 이런 일은 없었을 텐데…'

그때는 내가 이 일을 쉽게 꺼내고 다른 사람들에게 말할 수 없었는데 지금은 그냥 추억으로 생각하고 몇몇 친구들에게 말했다. 그때 일 이후로 전해 들은 말이나 소문을 말할 때 확신을 가질 수 없게 되었다. 시간이 좀 더 지나니 내가 힘들어하는 친구에게 이 말을 하게 됐다.

"지금 더 이상 생각하지 말고, 나중에 다시 기억했을 때 '아, 이것도 추억이네.'라고 생각 들 때까지만 잠시 넣어두자"라고.

'자살'을 뒤집으면 '살자'라고?
그럼 '살자'를 뒤집으면 '자살'이라는 생각은 안 해봤냐?

하상욱, 『튜브, 힘낼지 말지는 내가 결정해』, Arte, 2019.

사람들이 자살 얘기를 꺼내면 다른 사람들은 '자살을 뒤집으면 살자예요! 힘내세요!!' 이런 댓글을 단다. 나도 그런 댓글을 보고 '아… 그렇네. 자살을 뒤집으면 살자구나…'라는 생각을 했다.

하지만 이 문장을 보고 마음이 바뀌었다. 생각해 보면 우리나라는 자살률 1위에다가 성적순으로 좋은 대학, 좋은 대접, 껍데기만 보는 외모지상주의, 성추행, 성희롱…. 세상 더럽고 가지가지하는 대한민국이다. 이런 나라에서 성추행이나 성희롱을 당하면 죽고 싶단 생각은 절로 날 것이다.

물론 저런 댓글을 보면 힘이 나서 희망을 갖는 사람도 있을 것이다. 그 댓글을 단 사람 중에 똑같은 일이나 비슷한 경험을 당했는데 희망을 가져서 죽지 않고 저런 댓글을 쓰며 희망을 전파하는 사람도 있을 것이다. 하지만 대부분은 성희롱, 성추행을 안 당해 보고 그 아픔을 모르는 사람일 것이다. 내가 그런 일을 당하고 저런 댓글을 보면 힘이 안 날 것 같다.

더 나은 삶을 위해 각자의 자리에서 열심히 살았지만
서로의 고통을 이해하지 못했다.

김세별,『떠난 후에 남겨진 것들』, 청림출판, 2015.

사람들은 다 각자의 자리에 서 있다. 나처럼 평범한 학생도, 회사 다니는 직장인도. 모두가 각자의 자리에서 열심히 살고 있다. 하지만 우리는 서로의 고통을 모르거나, 이해를 못 한다. 어른들은 내게 묻는다. '너는 좋겠다. 고민 같은 거 없지? 나도 네 나이 때는 고민 같은 거 없이 놀았는데.'

사실 나도 고민이 있다. 그리고 모든 사람들이 하나씩은 가지고 있는 것이 고민이다. 고민 없는 사람은 없는 거 같다. 그리고 내가 고민이 있다고 하면 어른들은 말한다. '중학생이? 공부 걱정이야? 그럼 뭐?'

어른들은 나보다 많이 살았고 아는 것도 더 많을 텐데 왜 알아주지 않는 걸까? 대충 짐작이라도 할 수 있을 텐데. 대충 짐작은 열네 살인 나도 하는데 어른들은 못 하는 걸까? 아니면 모르는 척 하는 걸까?

내가 초등학생일 때도 그랬다. 5학년, 6학년 때도 고민이 있었고 고통스러웠다. 하지만 어른들은 '고민 같은 거 없지?'라고 확신할 뿐 고민 있냐고 물어보진 않았다. 내가 그렇게 말한 어른에게 '왜 고민 있냐고는 안 물어요?'라고 하면 나에게 돌아오는 말은 '네가 먼저 말해야지 알지.'일 뿐. 눈치가 없는 건가? 나도 내 친구 표정 보고 고민 있나 없나 알 수 있는데 어른들은 내 표정을 보고도 고민이 없다고 생각하시네…

우리는 인간이란 존재에 대해 얼마나 알고 있는 것인가.

김새별, 『떠난 후에 남겨진 것들』, 청림출판, 2015.

우리는 인간이란 존재에 대해 잘 모른다. 인간은 알 수 없는 존재이다. 갑자기 사람을 죽일 수도 있고, 자살할 수도 있고, 누군가를 도울 수도 있다. 욕심으로 가득찬 사람이 있을 수도 있고, 성실과 노력으로 가득찬 사람도 있을 수 있다.

최근에 SNS에서 뇌의 시냅스와 현재 우주의 구조(은하단, 초은하단)가 비슷하다는 글을 봤다. 그 글을 읽고 소름이 돋았다. 어떤 사람의 뇌 속에 우주, 지구, 태양, 우리가 있다는 것이니 그 사람은 얼마나 똑똑하고 큰 존재인지 궁금하다. 이렇게 우리는 인간이 얼마나 큰지, 대단한지 모른다. 그리고 그 존재가 무엇인지도 모른다. 나도 내 자신이 뭘 좋아하는지 뭘 잘하는지 잘 모르겠다.

내 자신도 잘 모르겠는데 인간이란 존재에 대해 뭘 알까?

힘든 것도 살아 있으니 겪는 거고
행복한 것도 살아 있어야 겪는 것이다.

김새별, 『떠난 후에 남겨진 것들』, 청림출판, 2015.

힘든 것도 행복한 것도 내가 죽지 않고 살아 있다는 증거다. 인생에 행복이 없을 수 없고, 힘듦이 없을 수도 없다.

우리는 행복만 가지고 싶어 한다. 그러나 행복을 가지려면 힘듦이 필요하다. 힘듦 다음 행복 또는 행복 다음 힘듦. 하지만 저 힘듦과 행복 둘 중 하나만 얻는 것은 불가능한 것 같다.

나는 힘듦 다음 행복을 얻는 편이다. 그래서 항상 하루가 힘들면 '그 다음 날은 행복하겠지.'라는 생각으로 힘든 날을 버틴다. 노래 가사 중에 '희망이 있는 곳에, 반드시 시련이 있네.'라는 가사가 있다. 이 가사가 정말 공감이 된다.

지나간 과거 때문에 앞으로 있을 미래를 망치지 마.

이가라시 미키오, 『보노보노 명언집』, 거북이북스, 2019.

난 과거 일 때문에 조금 돌려서(?) 조심스럽게 말한다. 옛날에는 그냥 직설적으로 말했는데 요즘은 엄청 조심스러워졌다. 최대한 남에게 상처를 안 주도록 말하는 게 그리 쉽진 않다. 오히려 힘들다. 남 생각하느라 나는 지치는 것도 모르고 포장을 열심히 한다. 포장을 열심히 하다보면 많이 지치고 많이 우울해진다. 그러다가 그냥 축 쳐져서 지낸다.

또는 트라우마 같은 거 때문에 미래를 망칠 수도 있다. 나는 트라우마가 거의 없는 거 같다. 지금의 나와 예전의 나, 달라진 것은 사소한 것을 피하는 버릇이 생겼다. 그게 나에게 있는 버릇 중 가장 힘든 버릇인 것 같다.

그때라서 가능했던 일이야.
설령, 다시 돌아간다 하더라도 예전과 같진 않을 나니까.

안상현,『달의 고백』, 지식인하우스, 2017.

5학년 때 진짜 친했던 친구랑 싸웠다. 그때는 서로 잘 받아주고 장난도 많이 치고 그랬었다. 지금은 화해한 상태지만 걔는 이미 다른 애랑 더 친해지고 나는 걔랑 같이 있으면 뭔가 어색하다. 그래서 이 문장에 꽂혔다.

　　그때라서 친구들과 친하게 지내면서 장난도 많이 치고 어색해 하지 않았다. 지금 다시 돌아가서 싸우지 않는다 해도 나 혼자 어색해 할 것 같다. 그래서 쉽게 돌아가고 싶다고 할 수도 없고, 돌아가기 싫다고 해도 후회하는 게 너무 많아서 뭐라고 말할 수가 없는 것 같다.

　　진짜 돌아간다면 초등학교 1학년때부터. 그냥 처음부터 다시 하고 싶다.

다들 잊으라고만 하더라.
그걸 못해서 힘들다고 말한 건데.

안상현, 『달의 고백』, 지식인하우스, 2017.

무언가를 잊기엔 엄청 긴 시간이 걸린다. 하지만 완전하게 잊을 수는 없을 것 같다. 나도 잊으려고 노력은 해봤다, 2년 동안. 하지만 2년도 부족했는지 잊히지 않는다. 옛날엔 잊으려고 울고, 잠도 못 자고 했는데, 조금씩 조금씩 친구 2~3명에게 말하다 보니까 지금은 덤덤하다.

하지만 친구들은 '헐… 그냥 빨리 잊는 게 낫겠다…'라고만 해준다. 몇몇 애들은 듣고 짧게 '힘내.'라고 하고 다른 얘기로 넘기는 애들도 있었다. 솔직히 내 친구들이 '힘내.'라는 말밖에 할 수 없단 걸 알면서도 다른 말이 나오길 기대한다. 하지만 다른 대답은 거의 나오지 않았다. 그럴 때마다 기분이 살짝 묘하다. '얘가 진짜 날 위해 위로해 주는 걸까?'라는 생각이 든다.

속도 모르면서 애써 웃고 있다, 뭐 좋다고 – 거울

안상현, 『달의 고백』, 지식인하우스, 2017.

사람들은 힘들면서 애써 웃는다. 하지만 티가 조금 난다.

나도 애써 웃은 적이 있다. 그래도 마음은 좋지 않았다. 찝찝하고 상처받은 것 때문에 아프고 공허했다. 그래도 웃는다. 친구들이 걱정하지 않았으면 해서 웃는다.

힘들 때 웃는 사람은 드물다. 남자든 여자든 혼자서는 슬퍼하고 힘들어하지만 누구와 있을 땐 애써 웃으면서 괜찮은 척 한다. 가끔 털어 놓을 땐 맘껏 울고 슬퍼한다. 그래야지 마음이 진정되는 거 같다고 느낀다. 그리고 시간이 지나면 덤덤해진다.

그렇다고 슬픈 게 없어지는 건 아니다.

편집, 고민하다

저는 만들기를 좋아합니다.
책쓰기 동아리에 들어오게 되어
이렇게 책을 쓰게 되었는데
힘들기도 어렵기도
한 거 같습니다.
제가 쓴 문장을 책으로 보니
뭔가 뿌듯하기도 합니다.

배수아의 문장

내 즐거움 때문이 아니라
오랫동안 고생한 장수들의 피로를 풀어주기 위함이다.

이순신, 『난중일기』, 교원, 2011.

이 책에서는 자신과 함께 싸우는 장수들을 생각하는 이순신의 모습을 볼 수 있습니다. '즐거움 때문이 아니라 고생한 장수들의 피로를 풀어주기 위함이다.'라는 말을 이순신이 하였는데 자신만 생각하지 않고 사람들을 배려해 가면서 사는 게 쉬운 일이 아닐 때도 있는데 항상 남을 생각하는 마음에 정말 배려심 깊고 대단해 보였습니다.

또 자신보다 신분이 낮은 사람들을 동등하게 대하는 것도 대단하다고 생각합니다. 자신보다 신분이 낮으면 자신만 생각할 수도 있고 만만하게 생각할 수도 있는데 이순신은 장수들을 생각해서 장수들의 피로도 풀어주려고 노력하고 하는 모습이 정말 대단하고 멋있다는 생각이 듭니다.

아마 장수들도 이순신을 정말 본받아야 하는 사람, 배려심이 깊은 사람이라고 생각했을 것 같습니다. 저도 이순신처럼 남을 배려하고 다른 사람들을 생각하고 이야기를 잘 들어주고 동등하게 대해주는 그런 사람이 되고 싶습니다. 이순신 장군은 정말 정말 대단하고 멋있고 본받을 점이 정말 정말 많은 사람이라는 생각이 듭니다.

남을 생각하면서 살면 마음도 뿌듯하고 기분도 좋아지고 상대방도 기분이 좋아지고 행복하고 할 것 같습니다. 사람을 동등하게 생각하는 그런 좋은 사람이 되고 싶습니다.

나는 배신자들이 딱 질색이다.

박현숙, 『선생님이 돌아온 학교』, 꿈터, 2017.

배신자는 정말 싫습니다. 배신자가 싫은데 이 책에서는 배신자가 절교하자는 말을 너무 쉽게 하는 것 같아서 뭔가 더 짜증이 났습니다. 이 책에서 나오는 배신자는 그래서 싫습니다. 화가 난다고 친했던 친구에게 아무렇지 않게 절교하자고 해서 친구의 기분이 매우 매우 나쁠 것 같습니다. 그래도 이 친구가 많이 속상해서 그런 것 같아 마음이 이해는 됐습니다. 그리고 친구들이랑 싸우고 거리가 멀어질 수도 있지만 싸우기 전보다 더 친해지고 서로를 더 잘 이해하는 사이가 될 수도 있다는 생각을 하였습니다. 책에서 너무 쉽게 배신자가 절교하자고 말한 것은 그렇지만 그만큼 서운하고 속상해, 욱해서 그랬을 수도 있을 것 같다는 생각이 들었습니다.

친할수록 더 많이 싸우고 오해도 많이 하고 서운한 것도 많아지는 것 같습니다. 하지만 오해를 하고 서운한 것이 생길 때마다 풀려고 노력한다면 오히려 더 좋은 사이가 돼 절친이 될 수도 있고, 그 친구를 더 믿게 될 수도 있고, 서로를 더 이해해주고 생각해주는 사이가 될 수 있을 것이라고 생각합니다. 물론 서운한 것, 속상한 것을 이야기하다가 말이 안 맞아서 싸울 수도 있지만 친구라면 이야기를 들어주지 않을까요? 만약 이야기를 들어주지 않고 화를 내더라도 이야기를 하면 조금이나마 속이 시원하지 않을까 하는 생각도 듭니다.

(인생은) 모르는 일이 아는 일이 되어
흘러갈 때까지 떨고 있는 일이야.

김이경, 『시의 문장들』, 유유, 2016.

인생은 모르는 일이 아는 일이 되어 흘러갈 때까지 떨립니다. 예를 들어 시험을 치고 시험 점수가 나오기 전까지는 계속 떨리고 긴장되고 가슴이 두근두근, 콩닥콩닥거리는 것과 비슷하다는 생각이 듭니다.

'모르는 일이 아는 일이 되어 흘러갈 때까지'는 모든 사람이 공감하고 이해하게 되는 그런 문장인 것 같습니다. 모든 사람들은 결과를 알 때까지 심장이 쫄깃하고 두근두근거릴 때가 많습니다. 정말 모든 사람들이 한눈에 공감할 수 있는 문장인 것 같습니다.

모든 일은 두근거리고 알기 전까지는 잠도 잘 오지 않고 계속 궁금할 때도 있습니다. 모든 일이 아는 일이 되어 흘러갈 때까지 떨고 있다는 것은 그만큼 중요한 일이고 잘 되었으면 하는 일인 것 같습니다. 모든 일이 아는 일이 될 때까지, 흘러갈 때까지 떨고 있는 만큼 그 일이 이루어지기 위해서 더더더더 열심히 하고 긍정적으로 생각한다면 내가 중요하게 여긴 일이 좋게 흘러갈 확률이 높을 것이라는 생각이 듭니다.

저는 무엇이든지 긍정적으로 생각하고 그 일이 이루어질 때까지 열심히 하는 사람이 되고 싶습니다. 부정적으로 생각하는 것보다는 긍정적으로 생각하면 조금이나마 더 잘 될 수도 있고 내가 바라던 게 이루어질 수도 있을 것이라고 생각합니다.

이 선물이 쓸모없다고 누가 그래요?

O.헨리, 『크리스마스의 선물』, 중앙교육연구원, 1999.

'이 선물이 쓸모없다고 누가 그래요?'라는 문장을 보고 선물은 주는 사람의 진심이 담겨있으면 값이 중요하지 않다는 것을 알았습니다. 100원이든 1,000원이든 10,000원이든, 값이 비싸든 안 비싸든 그 사람의 진심이 담겨있지 않으면 의미 없는 선물이라는 생각이 듭니다. 또 선물이 쓸모없다고, 필요 없다고 버리거나 팔거나 하면 선물을 준 사람 입장에서는 속상하고 짜증이 나기도 할 것 같습니다. 사람이 사람의 성의를 무시하지 않고 소중히 여겨주면 고맙게 생각할 것입니다. 값은 중요하지 않습니다. 진심이 담긴 물건이 진짜 소중하고 좋은 물건이고 의미 있는 선물입니다.

 만약 비싼 선물을 주었어도 성의 없이 주면 기분이 좋지 않을 수도 있지만, 편지만 주더라도 거기에 진심이 담겨 있다면 그것은 비싼 물건보다 더 소중하고 값지며 더 높은 가치가 담겨 있다고 생각합니다. 비싼 것보다는 그 사람의 진심이 담겨 있는 게 더 뜻깊은 선물인 것 같습니다. 또 사람들이 대충 고른 선물보다는 받는 사람을 위해서 열심히 생각하면서 고른 물건이 더 의미가 있다고 생각합니다.

 정성이 가득 담긴, 받는 사람을 위해서 생각한 선물은 정말정말 쓸모 있는 선물인 것 같습니다.

감사합니다. 당신은 정말 좋은 사람이에요.

존 골즈워디·송명호,『아름다운 행동』, 한국슈타이너, 2016.

이 사람은 모든 사람들에게 기쁜 마음과 행복한 마음을 전달해주는 사람 같습니다. "당신은 정말 좋은 사람이에요."라고 말하는데 싫어하는 사람은 없습니다. 모든 사람들이 "좋은 사람이에요."라는 말은 좋아합니다. 저도 "당신은 정말 좋은 사람이에요."라는 말을 들으면 '내가 소중한 사람이구나.' '나는 좋은 사람이구나.' '이 세상에 쓸모 있는 사람이구나.'라는 생각이 듭니다. 하지만 "당신은 나쁜 사람이에요."라는 말을 듣게 된다면 '나는 쓸모가 없구나.' '나는 좋은 사람이 아니구나.'라는 생각이 들 것 같습니다. 그리고 사람은 좋은 말, 나쁜 말 한 마디로 기분이 좋았다가 나빴다가 할 수도 있습니다. 상대방을 생각하면서 말하면 상대방의 기분을 좋게 할 수 있다고 생각합니다.

이 말은 사람을 긍정적이고 밝게 만들어주는 말 중 하나인 것 같습니다. 저도 무엇이든지 부정적으로 생각하지 않고 긍정적으로 생각하는 사람이 될 수 있으면 정말 좋겠습니다.

뭐든지 부정적인 것보다는 긍정적으로 생각하면 좋은 것 같고, 말 한 마디로 사람의 기분을 좋게 할 수도, 나쁘게 할 수도, 속상하게 할 수도 있을 것 같습니다.

준비가 다 된 상태에서 맞는 위협 같은 건 없다.

김정선, 『소설의 첫 문장』, 유유, 2016.

준비가 다 되어 있거나 모든 것이 완벽한 상태에서는 걱정도 없고 무서움도 없습니다. 하지만 준비가 되어 있지 않은 상태에서는 모든 것이 걱정되고 '내가 잘 할 수 있을까?'라는 두려움도 생기는 것 같습니다. 모든 것을 내가 완벽하게 할 수 있을 때까지 준비를 해야지 두려움이 줄어들고 조금이라도 더 자신감이 생기고 '내가 열심히 준비했으니까 잘 할 수 있을 거야!!'라는 마음도 생길 수 있지 않을까 합니다.

저도 모든 것이 준비되어 있지 않거나 준비를 하여도 완벽하게 준비를 하지 않았을 때 통과를 하지 못 할 것 같은 불안감과 두려움, 떨림이 가득할 것 같습니다. 하지만 모든 것에 최선을 다하여 열심히 하고 미리미리 해놓으면 좀 더 준비를 할 수 있는 시간도 있고, 준비가 되어 있지 않은 상태보다는 준비가 되어 있는 상태가 훨씬 더 잘 할 수 있다고 생각합니다. 무엇이든지 하고 싶은 것, 이루고 싶은 것이 있어서 최선을 다해서 준비를 한다면 위협이 줄어들 것 같습니다. 공부든 다른 것 모두 다 내가 대처를 하고 나가려면 준비가 되어 있어야 한다고 생각합니다. 그 준비가 어렵더라도 열심히 노력하면 될 것이라고 생각합니다.

엄마가 떠났을 때 그녀를 위해 울어줄 수 있는 사람은 몇 되지 않았다.

최은영, 『쇼코의 미소』, 문학동네, 2019.

엄마가 떠났을 때 엄마를 위해 울어주는 사람이 몇 명 없으면 속상할 것 같습니다. 엄마가 영혼이 되었다면 자신을 생각해주는 사람이 별로 없는 것에 되게 서운했을 것 같습니다.

사람들은 한 사람을 위해 잘 해주는 척하는 것일 수도 있습니다. 만약 조금이라도 엄마를 친구라고 생각했으면 엄마가 죽었을 때 장례식장에 와주었겠지만 엄마를 진심으로 생각해주고 좋아해주는 사람이 별로 없어서 장례식장에 온 사람은 몇 명 없는 것 같다는 생각이 듭니다. 엄마가 죽어도 친구들이 엄마를 진심으로 좋아하지 않았다면 아무렇지 않게 잘 지낼 것 같습니다. 하지만 진짜 엄마를 소중하게 여기고 좋아하였다면 장례식장에도 와보고 많이 슬퍼하고 힘들어 하지 않을까 하는 생각이 들기도 합니다.

이 세상에 진정한 친구는 몇 명 안 된다고 생각합니다. 힘들 때 신경 쓰지 않고 무관심한 것이 아니라 옆에 있어주고 항상 믿어주고 서로서로 도와주기도 하는 것이 진정한 친구라고 생각합니다. 만약 절친이라고 생각한 친구가 내가 죽었을 때 조금이라도 슬퍼하지 않는다면 서운하고 속상하고 슬플 것 같습니다. 자신이 절친이라고 생각한 친구가 조금이라도 슬퍼해주면 고마운 마음이 들 것 같습니다.

잘못했어요. 다시는 거짓말은 안 할게요.

카를로 콜로디, 『피노키오』, 시공주니어, 2019.

사람이든 피노키오든 거짓말을 하면 안 됩니다. 이 책에서는 거짓말을 하면 코가 길어지는 걸로 되어 있는데 사람은 코가 길어지지는 않지만 거짓말을 하는 게 눈에 보이는 사람들도 있습니다. 이 책에서 거짓말을 하면 언젠가는 사람들이 알게 되고 들통난다는 것을 피노키오 코로 알려주고 있습니다.

사람이 살면서 거짓말을 할 때도 있습니다. 그 거짓말이 선의의 거짓말이거나 남을 기쁘게 해줄 수 있는 것이라면 가끔씩 필요할 때가 있습니다. 하지만 나쁜 거짓말이라면 나중에 그 사람이 다른 사람에게서 나쁜 이야기를 전해 들으면 매우 기분이 나쁘고 짜증이 날 것입니다. 우리는 매일 착할 수는 없지만 거짓말을 하지 않도록 노력해야 합니다. 거짓말은 언젠가는 다 들통이 날 테니 그냥 직접적으로 이야기하는 게 좋을 것 같습니다.

어떨 때는 선의의 거짓말이 필요할 수도 있습니다. 하지만 선의의 거짓말이라도 항상 좋은 것은 아니라고 생각합니다. 진심을 말해주는 것이 좋을 때도 있다고 생각합니다.

당장 토끼를 끌고 오너라.

작자 미상, 『토끼전』, 교원, 2009.

『토끼전』에서는 용왕이 토끼를 마음대로 끌고 오라고 하고 자기 멋대로 하는 부분이 있었습니다. 토끼는 기분이 매우 불쾌하고 납치당하는 기분이 들었을 것 같습니다. 또 토끼는 얼떨결에 끌려간 것이기 때문에 짜증이 나고 화도 났을 것 같습니다. 그러나 토끼는 딱히 화를 내지 않았던 것 같습니다. 저 같았으면 저렇게 갑자기 끌려가면 엄청 불쾌하고 짜증이 나서 소리 지르고 화내고 왜 끌고 가려고 하는지 이유도 물어봤을 것 같습니다.

이 책에서 토끼는 엄청 착한 것 같습니다. 그 상황에서 소리를 지르지 않고 마음을 가라앉힌 게 정말 대단하기도 하고 신기하기도 하였습니다. 한편으로는 위험한 상황일 수도 있는데 가만히 있었다는 게 바보 같기도 합니다. 토끼가 착한 것 같기는 하지만 만약 저 상황에서 착하게 행동했다가는 위험한 일이 발생할 수도 있을 것 같다는 생각이 듭니다. 만약 정말 위험한 상황이 온다면 도와달라고 소리치거나 도움을 요청해야 한다고 생각합니다.

편집, 고민하다

유건우의 문장

나는 2006년생이다. 글을 잘 쓰는 것은 아니지만 초등학교 때 시 쓰기 장려상을 받았고, 아빠 동창회에 가서 글쓰기 참가상을 받았다…(젠장) 동아리를 고르라고 해서 봤더니 책쓰기반밖에 없어서 일단, 이 동아리에 들어왔다. 그리고 1주일에 10줄 이상 2개씩 글을 적어오라는 선생님의 말씀을 듣고 조금 충격 먹었다. 초등학교 때 최대 1주일에 일기 한 편을 짧게 쓰던 내가! 그래도 그중에서 살아남은 글감을 찾아냈다.

어릴 때부터 글을 잘 쓴 거는 아니지만 이 글만큼은 내 인생에서 꾸준히 한 게 아닌가 싶다. 이런 거 처음 써서 잘 쓰지는 못했지만 그래도 꾹 참고 끝까지 봐줬으면 좋겠다.

완벽한 문장 같은 건 존재하지 않아.
완벽한 절망이 존재하지 않는 것처럼.

김정선,『소설의 첫 문장』, 유유, 2016.

완벽한 것은 무엇일까? 무엇을 하면 완벽해질까? 아무리 완벽하다고 해도 빈 공간은 계속 생기기 때문에 나는 완벽이란 없다고 생각한다. 그리고 완벽한 것은 아니더라도 원하는 것을 충분히 얻으려면 그만큼의 노력, 대가를 치러야 한다고 생각한다.

　가장 이해하기 쉬운 것으로 예를 들어보자. 우리가 미치도록 싫어하는 공부로 말이다. 공부도 자신이 노력한 만큼 결과가 나온다. 또 내가 얼마 전부터 기타를 배우기 시작했는데 초등학교 3학년 때 하고 어렵다고 그만두어서 모두 까먹었다. 그때 내가 꾸준히 노력하고 조금만 더 고생을 했다면 완벽하지는 않았겠지만 지금보단 더 잘 했을 것이다.

　이처럼 무언가 자신이 이루고 싶은 거에는 노력과 고생이 뒤따르고 또 그만큼의 결과가 나온다.

누구나 후회 없는 삶을 살고 싶어 할 것이다.
하지만 과거를 돌아보면 후회할 일 투성이다.

이세돌, 『판을 엎어라』, 살림출판사, 2012.

이 문장은 누구나 공감하는 문장이다. 누구나 후회한 적이 있고, 과거를 바꾸고 싶은 마음도 한 번쯤은 있었을 것이다.

"실수했다고 너무 민감하게 신경을 쓰면 하던 일에 안 좋은 영향이 미친다."

라고 책에도 나와 있듯이 실수를 하더라도 '다음에는 더 잘해야지, 더 신중해야지.'라는 생각을 가지고 실수한 일을 넘어가면 훨씬 마음이 편안해질 것이다.

스트레스 속에서도 마음의 안정을 유지하는 것이 중요하다.

이세돌, 『판을 엎어라』, 살림출판사, 2012.

이 글을 쓴 이세돌은 바둑을 하면서 '스트레스 받은 것을 어떻게 푸냐'는 질문을 많이 받는다고 한다. 이세돌은

'오늘 바둑을 져서 이 타이틀을 놓친다고 해도 내가 앉아 있는 마룻바닥이 꺼지는 것도 아니다. 이 타이틀 말고도 내년에 기회가 있다.'

라고 생각하면 마음이 편안해진다고 한다.

정말 동감이다. 나도 초등학생 때 파워포인트 자격증을 딸 때 비슷한 생각이 들었다. 지금은 아무것도 아니지만 그 당시 내가 초등학생이었을 때는 파워포인트 자격증 하나 못 따면 세상이 무너진다고 생각했다.

스트레스를 풀려면 마음의 안정을 유지하는 것이 중요하다고 생각한다. 그리고 이기기 위해 최선을 다하는 것도 중요하지만 이미 되돌릴 수 없는 상황이면 미련을 버리고 현실을 받아들이라는 말도 중요한 것 같다. 만약 내가 시험에서 떨어졌다면 과거로 돌아가서 다시 시험을 칠 수 있는 것도 아닌데 계속 후회하면서 스트레스만 쌓는 것보다 그냥 미련을 버리고 스트레스를 덜 받는 것이 마음의 안정을 유지하는 방법 중 하나인 것 같다.

먹줄도 꾸준히 톱 삼아 쓰면 나무를 베고
물방울도 오래 떨어지면 돌을 뚫는 법!

홍자성, 『채근담』, 홍익출판사, 1999.

이 문장은 뭐든지 열심히 하거나 꾸준히 하면 뭐든지 할 수 있다고 하는 것 같다. 우리가 못한다고 생각하는 것은 못 하는 것이 아니라 노력이 부족하거나 꾸준히 하지 않아서인 것 같다. 그러니 자신이 무엇을 못한다고 실망할 필요가 없다.

또, 물은 본래 돌을 뚫는 성질을 지니고 있지 않지만 계속하여 꾸준하면 그렇게 될 수 있다. 그래서 힘은 비록 작으나 오래도록 노력하여 어려운 일을 능히 해냄을 비유하는 데 쓰인다.

그래서 이 문장을 읽고 든 생각을 정리하면 자신이 하고 싶은 일이 잘 안 되더라도 노력하고 꾸준히만 하면 할 수 있다는 것이다.

나도 이 문장과 비슷한 경험이 있다. 어렸을 때 엄마의 추천으로 피아노 학원을 다니기 시작했다. 나는 지금까지도 피아노만은 쉬지 않고 7년을 계속 다녔다. 예전에는 다른 피아니스트들이 치는 것을 보고 '이걸 어떻게 쳐.'라고 생각했지만 꾸준히 쉬지 않고 피아노를 다니니 나도 TV에서나 본 악보를 읽고 칠 수 있게 되었다. 이런 나의 경험 때문에 이 문장에 많이 공감이 된다.

드디어 살 수 있는 가망이 생겼다.
일지 기록: 37일째 망했다… 난 이제 죽었다.

앤디 위어, 『마션』, 알에이치코리아, 2015.

이 이야기는 '마크 와트니'라는 주인공과 팀원들이 화성 탐사를 하다가 모래 폭풍을 만나서 마크 와트니가 죽은 줄 알고 실수로 화성에 두고 가서 혼자 화성에서 생존하는 이야기이다.

이 문장과 다음 문장을 이어보니 너무 웃겼다. 설명하면 34일째 자신이 걱정하던 문제가 해결되어서 기분이 좋았지만, 37일째 큰 오차가 생겨서 당황한 것이다.

이 문장을 보고 바로 든 느낌이 있다. 수학 숙제를 다 끝내놓고 놀고 있다가 다음날 확인했을 때 한 장이 남아 있다는 것을 확인하고 기절할 뻔한 느낌이랄까…. 이 문장을 보고 '확실히 챙기자.'라는 생각이 머릿속에 확 들어왔다.

+) 내가 쓴 글들을 정리하다가 생각난 것이다. 나는 이 글을 쓰고 난 뒤에 2번이나 숙제를 까먹고 열심히 게임한 적이 있다.(그날 게임이 가장 잘 된 날인 것 같다.)

나는 아무것도 아니다.

김정선, 『소설의 첫 문장』, 유유, 2016.

'왜 아무것도 아니게 되었을까?' '왜 아무것도 아니라고 생각했을까?'에 대하여 생각하게 된다. 만약 자신이 무언가를 하고 있는데 자기 마음대로 되지 않는다고 해서 '아무것도 아니다.'라고 생각하는 것일까? 아니면 자신이 어떤 것을 못해서 아무것도 아니라고 생각하는 것일까?

그래도 내 생각은 좀 다르다. 나는 나 자신이 아무것도 아니라고 생각하는 것부터가 잘못되었다고 생각한다. 항상 긍정 마인드를 가지고 노력하고 성공해서 자신이 아무것도 아니라는 생각을 지워버려야 하지만 '나는 아무것도 아니야.'라고 생각하면 그냥 자신이 하찮게 여겨져서 뭐든지 하기 싫어진다. 그러면 자신이 하고 싶은 것 또는 해야 하는 것을 더 못하게 되고 하기가 싫어진다고 생각한다.

그렇다면 이런 마인드를 깨부숴 버리고 자신이 존재감 있는 존재란 것을 스스로 자각하게 만들어 주겠다.

유건우의 긍정교실~~~!!?

집에서 하루도 빠지지 않고 춤을 춰 본다. 그러면 현자타임이 오면서 자신의 존재를 확실히 알 수 있고 자신이 살아있음을 확실히 알게 된다.

농민들은 살 길이 막막해졌다.

김중미, 『괭이부리말 아이들』, 창비, 2001.

이 책은 6.25 전쟁이 끝난 후 살길이 막막해진 농민들의 이야기다. 전쟁 뒤에 가난해진 나라 살림을 살리는 길은 수출밖에 없다고 할 때 가난한 농촌 젊은이들이 수출 역군이 되기 위해 낫과 호미를 집어던지고 도시로 갔다. 그리고 나라에서 임금을 적게 주기 위해 쌀값을 내려서 고정하고 올리지 못 하게 해서 농민들은 살 길이 막막해졌다고 한다.

　내가 농민이더라도 정말 눈앞이 캄캄했을 것 같다. 열심히 일을 해도 제값에 물건을 팔지 못하고 물건을 팔지 못해 빚이 쌓여서 결국 농촌을 떠날 것 같다. 그리고 막상 농사를 그만두고 도시로 와도 일자리 구하는 것은 쉽지 않을 것 같다. 그래서 더욱 가난하게 살 것 같아 농민들의 막막함이 이해가 된다.

이것은 우리 인생에서 가장 중요한 순간이고⋯⋯

테드 창, 『당신 인생의 이야기』, 엘리, 2016.

이 문장이 들어가 있는 책은 영화(컨택트)로 만들어진 공상 과학 소설이다. 영화를 보고 책을 보면 더 이해가 잘 될 것이다.

책의 내용을 간략히 설명하자면 어느 날 갑자기 우주선이 지구에 착륙하여 언어학자가 외계인의 언어를 해석해서 외계인과 대화를 시도하는 이야기이다.

이 문장을 봤을 때 '어떤 일이 주인공의 인생에서 가장 중요한 순간이었을까?'라는 고민이 떠올랐다. 이 문장은 정말 중요한 문장인 것 같다.

이 문장이 주인공이 인생에서 가장 중요한 순간을 담고 있어서 주인공이 어떤 일을 가장 중요시 하느냐에 따라서 이 책의 스토리 구성이 달라지기 때문이다. 나중에 자신의 인생에서 가장 중요했던 순간과 이 책의 주인공이 가장 중요하게 여겼던 순간을 비교하면서 읽어도 재미있을 것 같다.

또 내가 실제로 겪은 일이 아니더라도 이 책에서 주인공이 외계인을 만난 것을 왜 자신에게 가장 중요한 일이라고 생각하고 그때 감정이 어땠는지와 나는 외계인과 만나지 못 했지만 내가 만약 외계인을 만나면 어떤 감정이 들지를 비교하며 읽어도 좋을 것 같다.

운동회가 사흘밖에 남지 않았다.

김중미,『괭이부리말 아이들』, 창비, 2001.

이 문장을 보자마자 나는 4년 전, 내가 초등학교 3학년이었던 때가 생각난다. 왜냐하면 그때 내가 청백계주를 나가게 되었기 때문이다. 운동회가 다가올수록 긴장되고 내가 아주 자랑스러워지고 그랬다.

운동회가 사흘밖에 남지 않았는데 이 동네 아이들은 무슨 준비를 할지, 무슨 생각을 할지 궁금해지는 문장이다. 그리고 항상 운동회가 끝나면 친구들끼리 맛있는 음식을 시켜먹고 하는데 이 아이들은 운동회가 끝나고 무슨 일을 할지도 궁금하게 만드는 문장이다.

나는 개인적으로 박 터트리기가 가장 재미있었던 것으로 기억한다. 왜냐하면 모래주머니를 던져서 맞출 때 타격감이 있고 박이 터질 때 속이 시원해서 가장 기억에 남았다. 그리고 운동회의 결과를 보고 좋아했던 기억과 아쉬웠던 기억도 난다.

이 책의 주인공들은 운동회로 인해서 어떤 기억이 남을지 궁금하다.

더 나은 생활이 분명 있을 거야.
지금 이 생활은 점점 재미가 없어지는데…

트리나 폴러스, 『꽃들에게 희망을』, 시공주니어, 2017.

이 문장은 집에 박혀 있는 내 마음의 소리인 것 같다. 이번 방학에는 아무 것도 안 하고 집에 가만히 있어서 너무 심심했다. 이 문장을 보면서 '나도 시간 좀 있을 때 아무 친구라도 불러서 놀걸.'이라고 생각했다.

이 책에서도 애벌레가 맨날 먹기만 하는 자신의 삶이 지루해서 더 나은 삶이 있을 거라고 생각하고 여행을 떠나서 진짜 자신의 삶이 뭔지 알아가듯 이 나도 겨울방학에는 방에만 있지 말고 여름방학보다 더 보람차게 지낼 수 있도록 애벌레처럼 노력해야겠다.

이 문장은 나처럼 어디 가지 않고 그냥 변함없이 살아가는 사람들은 꼭 한 번씩 생각하게 하는 문장인 것 같다.

문장, 고민하다

대구중학교에 다니는 평범한 1학년
이주헌입니다.
일주일에 2개씩 이 글들을 쓸때는
이걸 왜 하나 싶었는데
다 쓰고 읽어보니 내가 예전에
이런 생각을 했었나 하는 생각도 듭니다.
하지만 가위바위보를 져서 들어왔던
이 책쓰기 동아리 덕에 글쓰기 실력과
생각하는 능력이 한 단계
성장한 것 같습니다.
글을 잘 쓰지는 못해서 내용이
심심하고 부족한 점이 많더라도
이해해 주면서 읽어 주셨으면
좋겠습니다.

이주헌의 문장

이 천문학자는 국제천문학회에서 자신이 발견한 별을
멋들어지게 증명했지만 아무도 믿지 않았다.
그 이유는 그가 낡은 터키 옷을 입고 있었기 때문이다.

생텍쥐페리,『어린왕자』, 삼성출판사, 2012.

물론 사람의 옷차림도 중요할 수 있다. 그런데 생김새만 보고 진실을 판단하는 것은 잘못된 것이다. 뒤에 터키의 천문학자가 새 양복을 멋지게 차려입고 다시 그 행성의 진실을 말하자 모든 사람들이 인정을 했다.

이 문장은 현실을 잘 보여주는 것 같다. 사람의 겉모습이 험악하게 생겼더라도 마음까지 꼭 험악한 것은 아니다. 중요한 건 겉모습이 아니라 마음이다. 만약 겉모습은 빨갛게 잘 익었는데 속은 다 썩은 사과와 겉은 별로지만 맛과 속은 아주 좋은 사과가 있다면 요즘 사람들은 대부분 겉이 잘 익은 사과를 고를 것이다.

그러니 옷차림이나 겉모습만 보고 판단하는 사람이 되면 안 된다.

너나없이 '네가 믿느냐'가 아니라
'행했느냐, 아니면 그저 말만 했느냐?'라는
질문을 받게 된다는 것이죠.

존 번연, 『천로역정』, 포이에마, 2011.

옳은 말을 들으면 성실하고 바른 사람은 그 말을 가슴 깊이 새겨듣고 행동으로 실천한다. 하지만 그렇지 않은 사람은 '아, 그렇구나.' 하고 한 귀로 듣고 한 귀로 흘린다.

이 책에서는 하나님의 나라가 임할 때 모두 너나 할 것 없이 심판을 받게 되는데, 이 책을 쓴 '존 번연'은 심판을 받을 때 받을 것 같은 질문을 '네가 믿느냐?'가 아니라 '행했느냐, 아니면 그저 말만 했느냐?'라고 생각한다.

이 점에서 작가는 말보다는 행동이 중요하다는 것을 잘 알려준다. 예를 들어 어떤 사람이 회장 선거에 나가서 공약을 내세우고 뽑혔다. 하지만 그 공약을 실천하지 않는다면? 주변의 사람들이 과연 그 사람을 믿게 될까? 그 사람의 신뢰도가 줄어들며 거짓말쟁이라고 불릴 수도 있다.

그러니 어느 때나 옳은 말도 중요하지만 그 말을 자신이 먼저 실천할 수 있는 사람이 되어야 한다.

『천로역정』이라는 제목이 어려워 보여 어려운 책인 줄만 알았는데 뒤로 갈수록 재미있어지고, 사람이 예수님의 길을 따라가기 위해서는 많은 어려움이 있다는 것을 잘 보여주는 책 같다.

의인은 없나니 하나도 없다.

존 번연, 『천로역정』, 포이에마, 2011.

사람은 원래 악하다. 어떻게 해야 보다 마음이 선해질 수 있을까?

이 세상에 진짜 마음이 깨끗한 '사람'은 없다. 앞으로도 없을 것이고 전에도 없었다. '사람'의 형상으로 오신 '예수님'을 빼고는 말이다. 예수님은 '신'이시지만 '사람의 모습'으로만 오셨기 때문에 마음이 눈보다 더 하얗다. 다른 사람에게 착하다는 말을 듣는 사람도 '빙산의 일각'이라는 말처럼 그 사람의 깊은 속내, 마음 등은 알 수 없다.

그리고 사람이라는 생명체의 생각은 원래 악하다. 그러므로 이 세상에 의인은 단 한 명도 없다. 하지만 예수님이 십자가에 달려 돌아가시고 3일 만에 부활하심으로 인해 우리는 그 '예수님'을 통해 죄를 용서받고 예수님을 닮아가는 삶을 살면 나중에 분명 큰 상이 있을 것이다. 마음이 깨끗하지는 않지만 지금이라도 주변의 사람들에게 할 수 있는 한 최선을 다하여 의를 베풀어 보자.

그레고르 잠자는 어느날 아침 불안한 꿈에서 깨어났을 때,
자신이 잠자리 속에서
한 마리 흉측한 해충으로 변해 있음을 발견했다.

프란츠 카프카, 『변신』, 민음사, 1998.

이 문장은 이 책의 첫 문장이다. 처음부터 이런 문장이 나올 거라고는 상상도 못했다. 처음부터 주인공이 해충으로 바뀌어 있다. 만약 자신이 어느 날 곤충으로 변한다면 무엇으로 변하고 싶은가? 나비, 개미, 벌, 사마귀 등등 아주 많은 종류의 곤충들이 있다. 그런데 하필이면 해충으로 변한다면? 파리, 바퀴벌레, 벼룩 등등으로 변하면 기분이 어떨까? 곤충을 싫어하는 사람은 눈도 뜨지 않을 것이고 관찰하기를 좋아하는 사람은 끔찍하지만 일어나서 자신이 무엇으로 변하였는지 보고, 자세히 관찰할 수도 있을 것 같다.

다음 내용부터는 주인공에게 어떤 일이 일어날까 궁금하기도 하고 상상도 해본다. '곤충으로 변한 사람을 경찰이 잡으러 올까?', '주인공이 곤충으로 변한 모습으로 밖에 나갈까?', 아니면 '사람으로 다시 돌아올까?' 등등. 많은 상상을 해본다. 책의 첫 문장을 보고 책의 내용이 어떨지 한 번 생각해보는 것도 재미있는 것 같다.

책의 첫 문장 중요한 것 같다. 독자가 책을 폈을 때 가장 처음 보는 책의 내용은 첫 문장이다.

미래 세계의 날씨가 우리 시대보다 훨씬 덥다는 말을 했던가?
이유는 모르겠지만 아마 태양이 더 뜨거워졌거나
지구가 태양 가까이에 다가간 모양이야.

하버트 조지 웰스, 『타임머신』, 푸른담쟁이, 2007.

이 글을 쓴 사람은 지구 온난화가 무엇인지 모르는 것 같다. 18세기의 사람은 '지구 온난화'라는 것을 알았을까? 몰랐으니까 태양이 더 뜨거워진다고 하거나 지구가 태양 가까이에 다가갔다는 이야기를 했겠지.

인간이 급격히 발전하면서 지구도 점점 뜨거워지고 있다. 18세기와 21세기의 기온은 여름 기준으로 비교해도 기온이 21세기가 18세기보다 높다. 이대로라면 지금도 이렇게 더운데 미래에는 과연 어떨까? 정말 태양이 지구와 더 가까워진 것처럼 느껴질까?

지금부터 아주 작은 일이라도 나 하나만이라도 지구 온난화를 줄이기 위한 일들을 실천해야겠다. 땅에 쓰레기 버리지 않기, 물 절약, 안 쓰는 전등 끄기, 플러그 뽑기 등. 주변에서도 질리도록 듣는 말이다. 지금부터라도 미래의 세대들을 위해 한 가지라도 실천하면 좋겠다.

실제로 약 1000년 뒤의 지구는 어떻게 될까?

누가 바람을 보았을까요?
나도 당신도 보지 못했어요.
하지만 나뭇잎이 늘어져 흔들릴 때
바람은 그 사이를 지나가지요

크리스티나 조지나 로세티, 「누가 바람을 보았을까요」, 『작은 것들』, 웅진씽크빅, 2007.

이 작품은 '크리스티나 조지나 로세티'라는 종교시인이 쓴 작품이다. 처음에는 '이 작품은 바람에 관한 거구나.' 하고 넘어가려 했다. 하지만 이 시가 담고 있는 뜻은 '하나님의 존재'이다. 바람은 볼 수 없다. 하지만 우리는 바람이 있다는 것을 안다. 그 사실을 어떻게 알까? 나뭇잎이 술렁이는 것과 깃발이 요동치는 것을 보고 우리는 안다. '하나님'이 있다는 것도 똑같은 것이다. 하나님도 눈에는 보이지 않는다. 크리스천들은 하나님이 눈에 보일까? 그런 것은 아니다.

그렇다면 기독교인들은 어떻게 예수님을 믿을 수 있을까? 그것은 바로 '믿음'이다. 세상 사람들은 과학적이고 물리적인 시각으로 접할 수 있는 것을 믿는다. 하지만 하나님이 진짜 계신다는 증거는 눈에 보이지는 않지만 기독교인들은 믿고 있다. 그 믿음의 근거는 하나님의 말씀인 성경이다.

눈에 보이지 않는다는 것을 믿는다는 것은 사람에게는 참 어려운 것이다. 하지만 바람이 지나간 곳, 있는 곳에 흔적이 있듯이 하나님이 임하신 곳에도 흔적이 있다. 그래서 기독교인들은 하나님이 계시다는 것을 확신한다. 이것은 기적이다!

불과 50자도 되지 않는 짧은 시가 이렇게 깊은 뜻을 담고 있으니 신기하다.

풀처럼 작은 마음으로는
봄볕 같은 어머니 은혜 보답할 수 없네

헤르만 헤세, 『나그네의 노래』, 준, 1992.

최근에 어머니께 화를 냈다. 화를 내니 기분도 안 좋고 또 혼났다. 그 뒤 자꾸 내 귀와 눈에 '첫 번째가 집에서 자식 노릇 잘하는 것, 자식 노릇'이라는 소리가 자꾸 들리고 단어들이 보였다. 그리고 또 책을 읽다보니 이 글귀가 눈에 띄었다.

이 글귀를 읽었을 때는 이미 어머니께 사과를 한 뒤였지만 그래도 애초에 어머니께 화를 낸 것이 후회되었다. 내 마음이 풀처럼 작았지 않았을까 하는 생각이 들었다. 어머니께 화를 내면 안 되지만 자꾸 그게 잘 안 된다. 앞으로 부모님께 더 잘해드려야겠다.

이제 이런 글귀가 나에게 찔림을 주지 않으면 좋겠다.

돈과 명성에도 철저히 무심했다

헤르만 헤세, 『나그네의 노래』, 준, 1992.

사람의 본능은 꼭 무언가를 갈망하고 찾고 탐한다. 대표적인 것이 돈과 명성이다. 돈을 얻기 위해 수단과 방법을 가리지 않고 살아가는 사람과 소박하지만 돈에 욕심내지 않고 행복하게 살아가는 사람.

돈을 얻기 위해 수단과 방법을 가리지 않는 사람들은 마음이 언제나 불안할 수도 있다. 물론 사람에게는 걱정이라는 것이 항상 있다. 하지만 돈이 많다고, 명성이 높다고 해도 범죄를 저질러 비열한 방법으로 그것들을 얻은 사람은 결코 행복하지 못할 것이다.

하지만 돈과 명성에 욕심이 없는 사람들은 살아가면서 잘못을 저지르기는 하겠지만 범죄를 저지르지만 않는다면 나름대로 하고 싶은 것들을 하며 행복하게 살아갈 것이다. 꼭 돈과 명성이 많다고 해서 삶이 행복한 것은 아니다. 진정한 행복은 하나님을 믿으며 자신이 해야 하는 일을 성실히 묵묵히 해내가는 삶이 아닐까. 나는 나중에 커서 돈과 명성에만 관심을 쏟는 악한 사람이 되지 않았으면 좋겠다.

돈과 명성에 욕심을 부리지 말아야겠다.

진심으로 자기가 바라는 일을 하는 것,
자기가 좋아하는 곳에서 마음 편히 지내는 것,
그것이 인생을 망치는 일일까?

서머싯 몸, 『달과 6펜스』, 민음사, 2000.

세상에는 많고 많은 직업이 있다. 뛰어난 사람도 많다. 만약 좋은 의대에서 좋은 점수를 받고 졸업을 한 사람이 다른 나라나 우리나라에서 의료봉사를 하며 가난하게 살아간다면 대다수의 사람들은 뭐라고 말할까? '저 사람은 망했다, 왜 사서 고생을 하지?' 등 비난과 비웃음을 뱉을 것이다.

하지만 의료 봉사가 그 사람이 좋아하고 원한 일이었다면 그 인생이 과연 실패한 인생일까? 비웃을 것이 아니라 우리는 그 사람을 존경하고 본받아야 한다. 좋은 병원에서 비싼 돈 받고 떵떵거리면서 살기에 충분하지만 그 자신이 가진 재능을 다른 사람에게 그대로 내어준다는 것은 정말 어려운 일이다.

자신이 진심으로 원하지 않는 직업이지만 돈을 많이 벌어 살아도 마음 편히 못 지내는 것이 과연 성공한 인생일까? 한번 생각해 보길 바란다.

나는 앞으로 내가 좋아하고 바라는 일을 찾아나갈 것이다.

그런데 그동안 내가 술을 절제하지 못하고
너무 마시는 바람에
내 전반적인 기질과 성질이 급격히 나빠졌다.

에드거 앨런 포,『검은 고양이』, 웅진씽크빅, 2007.

가끔씩 길거리에서나 도로 한 중앙에서 술 취한 사람들을 본다. 왜 술을 마실까? 맛있어서? 슬퍼서? 무언가를 잊기 위해서? 기뻐서?

하지만 '술'이라는 것은 근본적으로 몸과 마음에 나쁜 영향을 끼친다. 술 '덕분에' 나쁜 기억을 잊었다고 말하지만 술 '때문에' 기억이 잊히는 것이고, 술 '때문에' 성격이 나빠지는 것이다.

술을 조금 마시는 것도 나쁘다는 소리가 아니다. 술을 두세 병 이상 마시는 것 정도를 넘으면 많이 마시는 것이라고 생각한다. 술을 많이 마시면 눈이 어지럽고 몸의 중심도 잡기 힘들다. 저번에는 차를 타고 가다가 술 마신 사람이 도로 정중앙에 있어서 하마터면 사고가 날 뻔했다. 술 마신 사람을 보니 어떤 이유로 마셨는지는 모르지만 안타까운 느낌이 들었다.

나는 술을 과음하지 않겠다. 이 다짐이 꼭 이뤄지면 좋겠다.

문장, 고민하다

책 고르기는 싫지만 책 읽기는 좋아하고
글쓰기보다는 그림 그리는 것을
훨씬 더 좋아하는
며칠 전에 '가시고기'를 읽고
펑펑 운, 그냥 중학생입니다.

홍진서의
문장

백지이기 때문에 어떤 지도라도 그릴 수 있습니다.

히가시노 게이고, 『나미야 잡화점의 기적』, 현대문학, 2012.

『나미야 잡화점의 기적』은 여러 번 읽은 책이다. 책이 두껍긴 하지만 읽다 보면 점점 읽는 속도가 빨라지고 다양한 인물들의 이야기가 보이지 않는 인연의 끈처럼 서로 연결되는 반전 있는 내용이라 재미있다.

백지이기 때문에 어떤 지도라도 그릴 수 있습니다. 모든 것이 당신 하기 나름인 것이지요. 모든 것에서 자유롭고 가능성은 무한히 펼쳐져 있습니다. 이것은 멋진 일입니다. 부디 스스로를 믿고 인생을 여한 없이 활활 피워보시기를 진심으로 기원합니다.

삶의 목적지가 정해지지 않은 도둑들에게 나미야 할아버지가 편지로 전한 따뜻한 훈계의 말이다. 이 말은 나에게도 위로가 되었다. 나는 현재 진로를 정하지 않았고 무엇을 해야 할지 몰라 백지 상태라고 할 수 있다. 백지이기 때문에 어떤 지도라도 그릴 수 있다는 말은 나에게 '현재 진로 희망이 없어도 무엇이든 내 미래로 향할 길을 그릴 수 있다.'라는 말로 들렸다. 그래서 나는 진로가 정해지지 않았다고 조급하거나 불안하게 생각하지 않아도 되는, 희망을 주는 이 문장이 정말 좋았다. 좋아하는 문장에 좋은 기운을 받고 앞으로 어떤 지도를 그릴까 고민하는 즐거움을 가질 수 있었다. 남들과 같거나 비슷한 지도가 아닌 남들과 다른 나만의 것을 그릴 수 있을 거라는 느낌이 들었다. 내 지도는 어떤 모양으로 어떻게 길이 만들어지고 세세해질까? 지금부터 천천히 생각해봐야겠다.

어쩌면 사랑이란 살아가는 데 위험한 방식일지도 몰라요.

로이스 로우리, 『기억 전달자』, 비룡소, 2007.

멀고 먼 미래에서 주인공 조너스는 열두 살 기념식에서 '기억 전달자'라는 명예로운 직위를 얻어 이전의 기억을 전달받게 된다. 과거 인류의 기억들은 오직 기억 전달자만 알 수 있기 때문에 조너스는 사랑, 고통, 즐거움, 공포, 굶주림 등과 같은 온갖 감정들을 혼자서 감당해야만 했다. 이야기 속 마을은 평등하고 평화로운 세상을 위해 인간의 감정을 모두 제거한 곳이다.

　사랑은 전혀 위험해 보이지 않는데, 왜 늘 같은 상태를 위해 그 감정을 없애버린 것일까? 책에서는 늘 같은 상태를 유지하기 위해서는 인구를 조정할 필요가 있다고 하였다. 그렇기 때문에 배우자가 필요하면 신청을 해서 원로들이 정해 주는 대로 가정을 이뤄야 한다. 아이가 필요하면 산모 직위를 가진 사람들이 낳은 아기를 배급 받아야 한다. 편하고 안전하다고 하지만 개인에게 선택권이 없는 세상에서 사는 것이 과연 행복할 수 있을까?

　다른 사람들이 모르는 것을 나만 알고 있으면 어떤 생각이 들까? 나는 사람들과 대화할 때 머릿속에 있는 생각들을 입 밖으로 꺼내면 나에게 실망하거나 상처를 받을까봐 머뭇거리는 경우가 많았다. 특히 다른 사람들의 기대를 받으면 너무 불편하고 불안한 마음이 들었다. 전쟁의 고통을 전혀 알지 못한 채 즐겁게 전쟁놀이를 하는 아이들을 보면서 슬픔에 휩싸인 주인공을 보며, 같은 마음을 공유할 수 없어 괴롭고 외로운 나의 심정이 떠올랐다.

희희 망했다.

선바, 『제 인생에 답이 없어요』, 위즈덤하우스, 2019.

희희

망했다

크리에이터 '선바'가 희망으로 2행시를 지은 것이다. 나는 살면서 희망을 가지고 망한 적이 많았다.

체육시간에서 친구와 공 주고받기를 하다가 공이 손에서 미끄러지면서 내가 던진 공을 받기로 한 친구가 아닌 다른 애가 공에 맞았다. 희희 망했다.

멀리서 날아오는 공을 잡으려다가 놓쳐서 내 옆에 있던 친구가 공에 맞은 적도 있었다. 희희 망했다.

잔머리를 열심히 굴려서 폰을 몰래 숨겨 놓았는데 엄마한테 들켜서 뺏겼다. 희희 망했다.

침대에 신나게 몸을 날렸는데 침대에서 뿌각 소리가 났다. 희희 망했다.

숏컷이 예뻐 보여서 동네 미용실에서 시원하게 커트했는데 오빠처럼 돼 버렸다. 희희 망했다.

학원으로 가는 버스에서 멍 때리고 있다가 처음 보는 낯선 곳에 내렸다. 희희 망했다.

친구들과 영화 '엑시트'를 보려고 영화관에 갔는데 지갑이 없어서 곰곰이 생각해보니 401번 버스 좌석에 두고 내린 것이 생각났다. 희희 망했다.

열심히 모은 용돈으로 구입한 샤프를 일주일도 안 되어 잃어버렸다. 희희 망했다.

친구의 핸드크림을 가지고 놀다가 뚜껑이 열리는 바람에 내 교복에 내용물이 흘렸고 빨래해도 희미하게 흔적이 남았다. 희희 망했다.

화장실 수납장에서 수건을 박력 있게 꺼내다가 엄마가 아끼던 향수병을 벽에 휙 날려버렸다. 희희 망했다.

모처럼 맘에 드는 인생작이 될 뻔한 그림을 그렸는데 저장을 안 하는 바람에 날아갔다. 희희 망했다.

'인본주의'라는 간지나는 이름 덕분에 왠지 재미있을 거 같아 보이는 동아리에 들어갔는데 어쩌다 보니 책까지 만들게 되었다. 아, 이런… 희희 망했다.

사람들은 동물의 지능을 언급할 때, 암묵적으로
'인간과 똑같은 방식으로 생각하는 능력'을 가정한다.

조너선 밸컴, 『물고기는 알고 있다』, 에이도스, 2017.

저자는 지능이라는 개념은 지극히 인간 중심적인 개념이라고 하였다. 조그만 프릴핀고비는 만조 때 조수웅덩이 위를 헤엄치면서 웅덩이의 지형을 단숨에 암기할 수 있는데, 만약 프릴핀고비가 지능의 개념을 정의할 수 있다면 웅덩이를 기억하는 능력도 지능의 범위에 포함시킬 것이라고 했다. 사람들은 물고기 지능이 낮다고 하지만 이 책에서는 그런 편견을 깨준다.

이 책에서 재미있었던 건 '후무후무누쿠누쿠아푸아아'라는 단어이다. 이 노래 가사 같은 단어는 놀랍게도 하와이 바다에 사는 물고기 이름이고, 하와이 말로 '돼지 주둥이를 가진 물고기' 또는 '돼지 소리를 내는 물고기'라는 뜻이라고 한다.

신기한 이름 하면 가장 먼저 떠오른 것은 어느 다큐에서 본 '찬란한 케찰'이라는 새다. 이것을 처음 접했을 당시에는 내가 어렸기 때문에 실제로 '찬란한 케찰'이라는 이름의 새 종류가 있는 줄 알았다. 나중에 알게 된 사실이지만 그것은 케찰이라는 새가 찬란히 날고 있는 모습을 표현한 것이었다. 나는 그 '찬란한'이라는 수식어가 붙은 이름이 마음에 들었다. '찬란한'이라는 형용사를 검색해보면 비슷한 뜻의 형용사들이 많다. '순란하다'는 아주 찬란하다는 뜻이고, '영롱하다'는 광채가 찬란하다, '현요하다'는 눈부시게 찬란하다는 뜻이 있다.

이래저래 한국은 고양이가 마음 놓고 거리를 활보하거나
자유롭게 마당 고양이로 살기가 힘든 나라인 셈이다.

이용한, 『어쩌지, 고양이라서 할 일이 너무 많은데』, 위즈덤하우스, 2017.

아파트 화단, 작은 골목에서 많이 보이는 길고양이들은 어딘가 아파보였다. 새끼들은 비교적 건강해 보였지만 길에서 오랜 시간을 보낸 어미 고양이들은 다리를 절거나 꼬리가 잘렸거나 주위를 경계하느라 힘들어 보였다.

이 고양이들은 분명 피하기 힘든 사고를 겪었거나 영역 다툼 때문에 다쳤을 것이다. 하지만 길고양이가 사는 곳은 주로 사람들이 많이 다니는 곳이기 때문에 고양이가 다치는 이유는 우리 사람들에게도 있을 것이다. 이런 생각을 하니 나는 고양이들에게 미안했고 기분이 울적해졌다.

한국의 길고양이들은 몸에 있는 무늬로 치즈태비, 턱시도 등의 애칭으로 불리는데, 나는 등에 진한 고동색 줄무늬를 가진 고등어태비를 가장 좋아한다. 작년 박노수 미술관에 갔을 때 고등어태비 세 마리를 보았다. 그 고양이들은 길고양이였지만 방문객과 그곳을 관리하시는 분의 사랑을 받아서 그런지 행복해 보였다. 고동색 털은 햇빛을 받아 반들반들 윤이 났는데 살아있는 진짜 고등어처럼 보였다. 나는 다른 곳에 사는 길고양이들도 사람들의 사랑을 받아 행복하고 건강하게 살았으면 좋겠다고 생각했다.

이 책의 저자는 '고양이가 왔고, 인생이 달라졌고, 생각이 많아졌다.'라고 하였다. 나도 언젠가 고양이를 키우게 되면 길에서 구조된 고양이를 입양해서 키울 생각이다. 고양이가 주는 작은 위로와 행복감을 느끼고 싶다.

별이란 무엇인가?
이러한 질문은 아기의 웃음만큼이나 자연스러운 것이다.

칼 세이건, 『코스모스』, 사이언스북스, 2006.

'밤하늘에 등뼈'라는 소제목을 보고 내용이 궁금했다. '밤하늘에서 등뼈는 무슨 역할을 할까? 등뼈에 비유한 것을 보면 무언가를 지지하고 균형을 맞춰주는 일을 하지 않을까?'라는 생각이 들었다. 좀 더 자세히 살펴보기 위해 그 페이지를 찾아 펼쳐 보았다. 그 페이지에는 밤하늘에 커다란 등뼈가 떠 있었다! 나는 정말 놀랐다. 사진 설명에는 이렇게 적혀 있었다. '보츠와나 공화국의 쿵 족 사람들이 생각하는 은하수의 기원을 존 롬버그가 그림으로 표현했다.'라고. 세상에! 역시 끝까지 꼼꼼하게 살펴본 후 생각을 했어야 했다.

쿵 족은 남아프리카 보츠와나에 사는 수렵·채집부족으로 모든 것이 현대화된 오늘날에도 원시 문화를 유지하며 살아가고 있다. 쿵 족의 옛 조상들은 하늘은 거대한 짐승이고 우리는 그 짐승의 뱃속에서 산다고 생각했다. 그들이 사는 곳에서는 은하수가 머리 바로 위에 떠 있어서 은하수가 밤을 지탱한다고 믿었다. 그들에게는 당연히 책도, 컴퓨터나 휴대폰도 없었기 때문에 낮에는 열매를 따먹거나 동물을 사냥하고 밤에는 별을 보며 많은 상상을 했을 것이다. 이렇게 생각하니 그 시절이 왠지 부럽기도 하였다.

수천 년 동안 인류는 밤하늘의 별에 대해 생각해 왔다. 별에 대한 궁금증은 아기의 웃음소리만큼이나 자연스러운 것이라고 한 것은 그런 의미인 것 같다. 과학책이지만 이런 따뜻한 느낌의 비유가 있어서 좋았다.

대뇌를 신경 써라.

정민석, 『해부하다 생긴 일』, 김영사, 2015.

이 책을 쓰신 분은 의과대학 해부학 교수님이다. '대뇌를 신경 써라.'라는 말은 우리가 흔히 쓰는 말이 아니어서 신선했다. 머리가 좋고 나쁜 것을 결정하는 것은 대뇌이기 때문에 머리가 나쁘다고 말할 때는 대뇌만 들먹이면 된다고 한다. 의과대학 학생은 머리가 좋아서 자만하고 게을러지기 쉬운데 학생이 게을러지는 것을 막으려고 일부러 학생한테 머리가 나쁘다고 말하신다고 했다. 책 내용 중에 이런 것이 있다.

다음 네 가지의 비꼬는 말 가운데 마음에 드는 것을 골라 쓰면 된다.

1. 너는 대뇌가 해맑아서 걱정이 없겠다. (머리가 나쁘다)
2. 너는 대뇌에 구김살이 없어서 좋겠다. (머리가 나쁘다)
3. 너는 쓰지 않은 새 대뇌를 갖고 있어서 좋겠다. (머리가 나쁘다)
4. 너는 머리카락이 힘이 세서 좋겠다. (머리가 나쁘다)

이 중에서 마음에 든 것은 4번이다. 4번은 듣는 사람이 눈치 채지 못하게 은근슬쩍 던질 수 있는 말이기 때문이다. 제일 친한 친구에게 4번을 사용해 봤는데 친구가 이 말을 듣고 뜻을 이해하지 못하여 갑자기 미용실 이야기를 했다. "미용실 아줌마가 말이야…" 친구가 이 말의 뜻을 이해하지 못해서 속으로 재밌었지만 한편으로 아쉽기도 했다. 진짜 뜻을 이해한 친구의 반응이 궁금했기 때문이다. 이왕 이렇게 된 김에 평생 이해 못했으면…

살점 하나 없이 깨끗하게 발라 먹은
생선 가시를 내는 게 학기말 과제!

미스캣, 『또 고양이』, 학고재, 2016.

고양이 세계에선 맛있는 생선을 깨끗이 먹어 치우면 배도 채우고 과제도 완성하니 일석이조다. 또 빵과 자유 중 하나를 선택할 필요도 없고, 게으름을 피워도 되고 빈둥거려도 된다. 고양이가 정말 부럽게 느껴졌다. (내가 만약 고양이라면 숙제를 핑계로 비싸고 맛있는 생선들을 요구할 것이다.)

초등학교 때는 얼마 안 되는 과제를 하면서도 힘들다고 했는데, 중학교에 올라오니 내가 그때 얼마나 게으르고 어리석었는지 깨닫게 되었다. 지금과 비교하면 초등학교 과제는 식은 죽 먹기처럼 정말 쉬운 것이었다. 중학교 과제는 매주 책을 읽어야 하는 것이 힘들다. 사실 책을 읽는 것을 싫어하지는 않는다. 그냥 숙제니까 읽기 싫은 것이다. 뭔가 강제성이 있으면 괜히 싫어지는 것은 인간의 본성인 것 같다. 동아리 숙제인 책읽기는 귀찮고 힘들긴 하지만 좋은 책을 고르고 좋아하는 장르가 무엇인지 알게 되어서 좋았다. 취향에 맞는 책을 읽었을 때는 꽤 즐거웠다.

올해 읽은 책 중 읽고 나서 울었던 책은 『가시고기』와 『소년이 온다』였다. 하지만 이 두 권의 느낌은 전혀 다른 슬픔이었다. 전자는 안타까운 마음이 들면서 슬픈 것이라면 후자는 분노가 일면서 슬픈 것이었다. 다시 생각해보니 책 읽기 숙제는 좋은 것 같다. 나중에 고등학교나 대학교에서도 처음에는 과제가 힘들지만 나중에 재미를 느끼게 될 거 같아 기대된다.

마음씨 좋은 놈이 일등 한다.

리차드 도킨스, 『이기적 유전자』, 을유문화사, 1993.

처음에는 마음씨 나쁜 놈이 일등 한다고 생각했다. 타인을 위해 희생을 하는 사람보다 손해를 안 보려는 사람이 이득을 얻는 것처럼 보였기 때문이었다. 하지만 지금은 마음씨 좋은 놈이 일등 한다는 말에 동의한다.

유치원 때부터 머리 좋고 나서는 것을 좋아하는 애들은 무조건 반의 리더가 되었다. 가끔 다른 애가 신기하거나 부러워 할 만 한 물건들을 들고 오면 그때 잠시 리더가 바뀌곤 했는데 역시 그 애들은 금방 자신의 자리를 찾았다. 어릴 때는 애들이 자리를 놓고 다투는 걸 구경하는 게 재미있었는데 지금 생각해보면 그때부터 사회생활이 시작됐던 것 같다. 그리고 그때부터 다른 아이들보다 더 높은 자리로 올라가고 싶어 하는 애들이 있었다. 물론 내 눈으로 보기에는 도토리 키재기 같은 상황이 재미있었지만 말이다.

초등학교를 거쳐 중학교 생활을 살펴보면 이기적인 애들이 무조건 일등을 하는 것은 아니었다. 겉으로는 1등으로 보이지만 혼자만 잘났다는 생각에 점점 무너지는 애들도 있었다. 학년이 올라갈수록 조별 과제가 늘기 시작했는데 조별 과제에서는 잘하는 한 명만 두드러지는 팀보다 잘하지는 않지만 여러 명이 협력한 팀의 결과물이 완성도가 높고 더 좋아 보였다. 나는 이걸 보면서 협력 없이 혼자만 돋보이려는 애보다 다 같이 협력할 수 있도록 격려하는 마음씨 좋은 애가 결국 일등 한다는 사실을 알게 되었다.

거북 등에는 이 이야기를 읽은 독자만 알아볼 수 있는 글자가
천천히 나타났다. 끝!

미하엘 엔데, 『모모』, 비룡소, 1999.

나는 '끝'을 정말 좋아한다! 끝이라고 하면 부정적인 것이 떠오를 수도 있겠지만 그런 게 아닌, '과제 끝!!' '시험 끝!!' 이런 것들을 정말 좋아한다. 과제나 시험처럼 피곤하고 힘든 것들이 끝나면 나를 위한 시간을 누릴 수 있다는 뜻이기도 하니까 말이다. 나를 위한 시간은 맛있는 생선보다도, 달콤한 사탕보다도, 재미있는 프로그램보다도, 포근한 침대에서 자는 것보다도 더 좋다.

나를 위한 시간에는 내가 좋아하는 행동을 마음껏 할 수 있어서 좋다. 내가 좋아하는 행동은 새로운 샤프나 볼펜을 사러 가는 것, 보고 싶은 영화를 보는 것, 좋아하는 장르의 음악을 듣는 것, 유튜브 알고리즘이 추천한 영상을 보는 것, 질 좋은 종이에 그림을 그리는 것, 친한 친구들과 카톡하는 것, 옹기종기 하찮은 게임을 하는 것 등이다.

나를 위한 시간과 헤어질 무렵은 늘 힘들다. 나를 위한 시간에 너무 즐겁게 놀아 버리면 그 시간이 끝났을 때 느끼는 상실감이 크다. 하지만 그렇기에 다음에 더 가치 있고 재미있는 시간을 보내야겠다는 마음이 생기면서 나를 위한 시간에 대해 긍정적으로 고민하고 소중하게 여길 수 있게 되었다.

문장, 고민하다

2006년에 태어나 어느덧
중 1이 되고 인본주의 책쓰기 동아리에
들어오면서
또 다른 삶을 경험했다.

황주원의

문장

스스로를 위대한 존재라고 생각하십시오.
그러면 행동도 위대하게 변할 것입니다.

호아킴 데 포사다, 『바보 빅터』, 한국경제신문, 2011.

생각이란?

생각에 대해 생각해 보게 되었다.

'검정색'이라는 단어를 보면 떠오르는 생각을 이야기해보라 하면 암흑, 눈동자, 밤, 어둠처럼 여러 생각을 꺼낼 수 있다.

나를 위대하다고 생각하게 되면 내가 위대한 사람으로 인식되어 행동도 생각과 함께 위대하게 변한다. 생각에 세뇌당하는 거다. 이처럼 사람의 생각은 정말 대단하다. 상상을 현실로 만들 수 있고, 생각만 하면 뭐든 담을 수 있고, 무한하다.

평소 속에 묻고 꺼내지 않았던, 감추고 있던 기억이 그와 비슷한 일이 일어났을 때, 혹은 그냥 가끔가다 생각나기도 한다.

온 가족이 상에 둘러앉아 식사를 하던 소소한 추억도 적적할 때 생각나기도 한다. 생각은 정말 대단하다. 행복하고 무섭고 슬프고 속상한 것 가리지 않고 모두 끄집어낸다. 생각은 까먹으려 하면 꼭 다시 생각나기 일쑤다. 유효기간이 딱히 없는 듯하다. 때론 우리가 하는 생각에도 필터 기능이 있었으면 좋겠다. 트라우마나 좋지 않은 추억은 기억하지 못하도록.

흔들리지 않고 피는 꽃이 어디 있으랴.
이 세상 그 어떤 아름다운 꽃들도
다 흔들리면서 피었나니

도종환, 「흔들리며 피는 꽃」, 『국어 교과서 작품 읽기』, 창비, 2012.

밖을 나가거나, 길을 걷다가, 굳이 밖을 나가지 않더라도 건물 안에서도 우리는 꽃을 볼 수 있다. 그 꽃들은 모양과 향기로 시선을 빼앗곤 한다. 겉모습도 예쁘니 싹이 필 때도, 꽃이 필 때도 예쁘게 자랐다고 생각하게 된다. 하지만 예쁘다고 해서 곱게 자란 것은 아니다. 꽃은 바람과 눈, 비를 맞으며 수십 번의 힘든 순간을 버텨내며 자라왔을 것이다. 꽃은 가만히 있을 때보다 바람에 흔들려서 꽃향기를 널리 퍼뜨릴 때가 더 아름답다.

사람도 별다를 거 없이 마찬가지다. 일을 하지 않고 게으르게 노는 사람보다는 최선을 다하는 모습이 아름답기 때문에 할 일을 열심히 하는 사람이 주목을 받게 된다.

결국, 가만히 아무것도 하지 않은 채로 잘 살기를 바라는 게 아니라 계속 도전하고 부딪혀 봐야 한다는 거다. 사람은 고난을 겪지 않고서는 필 수 없다. 누구나 몇 번쯤은 겪게 된다.

가만히 있으면 지금 당장은 편할지 모른다. 시간이 지나면 하고 싶어도 못하는 때가 올 거다. 후회하기 전에 흔들리는 꽃이 되고 싶다.

꽃이
피는 건 힘들어도
지는 건 잠깐이더군

최영미, 「선운사에서」, 『시의 문장들』 발췌, 유유, 2016.

'사는 것과 죽는 것.'

한 끗 차이 같지만 어떤 사람에겐 사는 게 지옥이 될 수도 천국이 될 수도, 죽는 게 지옥이 될 수도 천국이 될 수도 있다. 그렇기에 살라고도 죽으라고도 강요하고 싶지 않다.

개인적으로는 이렇게 생각한다. 살 때는 크기 위해 많은 양분이 필요하기 때문에 힘든 건 배로 느껴지고, 그 시간이 길게만 느껴질 것이다. 그에 비해 죽음은 금방이란 거다. 언젠가는 누군가의 기억 속에서도 서서히 잊히게 된다. 죽음이란 것은 살아 있는 생명체라면 다 맞게 된다. 100세 인생이라고들 하고 있지만 그전에 불의의 사고로, 또는 자살로, 병으로 이승을 떠날 수 있다.

내가 살 건지 죽을 건지 그냥 자연의 섭리에 맡기고 싶다. 태어났기 때문에 살아가야 하고 살아가고 있기 때문에 죽음이라는 끝을 맞이하는 거다.

인생은, 계획할 수 없어요.
기회가 왔을 때 잡아야 해요

한선정, 『100명의 세계인』, SOULHOUSE, 2018.

어제와 오늘, 아침에 몇 시에 일어났고, 무엇을 했고, 무엇을 먹었고, 언제 어디에 다녀왔고, 몇 시에 잠을 잤는지 물어보면 어딘가 다른 부분은 있다.

하루도 같은 날이 없듯 인생은 이럴 때도 있고 저럴 때도 있고 복불복이다.

언제 어떤 일이 닥칠지는 알 수가 없고, 그렇기에 기회가 왔을 때 잡으라는 것 같다. 기회도 복불복이다. 한 번 왔을 때 놓치면 얼마만큼을 또 기다려야 할지 아무도 모른다.

복불복의 장단점. 매일이 새롭지만 그에 대처할 법을 모른다.

하지만 복불복도 마구잡이다 보니 살다 보면 중복되는 게 걸리는 날도 있다. 그래서 두 번째에 걸렸을 때는 조금 더 성숙하게 대처할 수 있다. 이게 사람이 사는 거다.

첫 번째라는 무게감은 생각보다 크다. 누구나 처음엔 다 잘하지 못한다. 그래도 다음 번엔 처음보다 발전한 모습을 보여 줄 수 있다. 처음이 내 마음에 충족하지 못해서 자책할 필요는 없다. 원래 그렇다.

그러나 어릴 때 겪은 어려움은 용기와 희망,
성실함을 배울 수 있는 하늘의 은총이라고 생각해요.

교원 편집부, 『눈으로 보는 세계 인물(링컨)』, 교원, 2011.

나는 상처라 하면 무조건 숨기고 살아야 하는 줄 알았다. 사람들에게 알려져 봤자 위로는커녕 상처만 깊어져 오히려 힘들어질 것만 같았기 때문이다. 그러나 링컨은 어릴 적에 겪었던 아픔을 우울하고 꺼내고 싶지 않은 부정적인 것으로만 생각한 게 아니라 그 경험이 자신에게 도움이 된다고 생각했고, 삶의 발판으로 삼아 나아갔다. 상처를 긍정적으로 바꿔 바라볼 수 있는 게 나와는 조금 달랐고, 새삼 대단하다고 느꼈다. 이 글을 읽은 뒤, '어려움을 겪게 되었을 때 너무 힘들어하지만 말아야겠다.'라는 생각을 가지게 되었다.

어릴 때든, 커서든 한 번 어려움을 겪고 나면 잘 먹고 잘 살던 때의 소중함을 뼈저리게 느끼게 되고, 철이 들기도 한다. 없어져 봐야 정신을 차리게 된다. 그래서 용기와 희망, 성실함을 배울 수 있다고 한 것도 같다.

어려움을 만나지 않고 처음부터 정신을 차릴 수는 없는 것일까.

하고 싶은 일 하기

정채봉, 『단 하나뿐인 당신에게』, 샘터사, 2006.

누구도 간섭받지 않고 자유롭게 사는 건 꿈에선 쉽다. 현실은 그렇지 않았다. 초등학교 때부터 나는 돈이 많은 백수가 되고 싶었다. 돈만 있으면 자유로울 줄 알았다. 현실을 깨닫게 된 후 환상일 뿐이라고 생각이 바뀌게 되었다.

초등학교와 중학교는 의무 교육이라 다녀야 하고, 고등학교를 가지 않는다면 대학교를 가기 힘들고, 대학교를 안 가면 돈 벌기 힘들고, 돈 못 벌면 먹고살기 힘들고. 어차피 거의 정해진 세상의 루트대로 살아야 한다. 어떻게 보면 인간은 로봇 같기도 하다. 하라는 대로 하게 되니까. 반복적이고 기계적인 삶 속에서 하고 싶은 일을 하기란 어렵다.

세상은 열심히 살라면서 살 방법을 가르쳐 주지 않는다. 정확히 말하면 살 수 없게 만든다. 갑갑해서 하고 싶은 대로 하면 자기 멋대로라고 욕을 한다. 대체 어쩌라는 걸까. 조종받기 위해 태어난 사람도 아닌데, 그것도 사람에게 조종당한다. 사람이나 기계나 막 다루면 맛이 가고 지쳐버린다.

언제부터 사람이 기계가 된 건지 모르겠다. 정말 환상을 누리긴 힘든 것 같다. 환상이라 해도 그저 '자유' 하나를 원하는 건데, 하기는 싫은데 또 현실에 밀려 합리화를 시키고 있다.

'하고 싶은 일 하기' 겨우 7글자밖에 되지 않는다. 말하기는 쉽지만 이 일을 실행하기가 힘들다.

내 인생은 나의 것, 내 갈 길을 결정하기

정채봉, 『단 하나뿐인 당신에게』, 샘터사, 2006.

나의 인생은 내가 사는 것이다. 그만큼 책임도 따라오는 거고. 책임을 무릅쓰고 자신이 갈 길을 가야 한다. 그런데 아직까지도 어딜 가야 할지 모르겠다. 나이를 더 먹기 전에 진정으로 내가 하고 싶은 일을 찾아야 하는데 모르겠다. 어른들은 하고 싶은 게 없어도 공부를 잘하면 반은 먹고 들어간다고 한다. 맞는 말이라 딱히 반박은 할 수 없다. 그래도 공부가 다가 아니다. 더군다나 십 몇 년째 학생 신분으로 공부만 하고 있기 때문에 의무적으로 하게 되는 공부 말고 특기를 살리는 일을 찾고 싶다.

언제까지 길을 잃고 방황만 하자니 나 자신이 답답하다.

'언젠가는 찾겠지.'

그 언제가 영원히 오지 않는다는 최악의 상황까지 고려해 보면 계속 미룰 순 없다. 그림을 잘 그린다거나 노래를 잘 부른다거나 악기를 잘 다룰 줄 안다거나 장점이 있는 친구들이 부럽다고 여길 때가 종종 있다.

나도 나 자신에게 부러운 사람이 되어야 할 텐데 고민이 많다.

상처 없는 새가 어디 있으랴

정채봉, 『날고 있는 새는 걱정할 틈이 없다』, 샘터, 2008.

'상처 없는 새가 어디 있으랴'는 말을 보고 어른들이 옆에서 해주셨던

"다치면서 배우는 거다."

라는 말이 떠올랐다. 왠지 나서기에 두려워하는 사람들에게 상처 없는 사람은 없다고 다독여주는 것 같은 느낌을 받기도 했고, 현실적인 조언이라서 수차례 들어온 말이었지만 거북하게 들리지 않았다.

상처는 평생 남을 흉터라고 해석할 수 있지만 다르게 보면 잘 크기 위한 영광의 상처라고도 해석할 수 있다. 배워 나가면서 받을 상처에 대해 미리 걱정하면서까지 마음을 졸이지 않아도 된다. 무엇이든 간에 적정선을 넘어서서 지나치게 되면 역효과를 주는데 걱정도 지나치면 후회로 돌아올 수 있다.

살면서 받는 상처를 모아 보면 많아 보인다. 하지만 그것도 지극히 삶의 일부일 뿐이다. 오늘 또 다짐하게 되었다. 상처 하나에 굴복하지 않는 사람이 되어야겠다.

당신만의 속도를 즐기세요.

김혜남·박종석, 『어른이 되면 괜찮을 줄 알았다』, 포르체, 2019.

우리는 학교를 다니면서, 살아가면서 자연스레 사람들과 만나게 된다. 이때 사람들이 모두 나와 같을 수는 없다. 성격도, 외모도 모두 제각각이다. 나와 다른 사람을 '틀린 그림 찾기'처럼 비교해서는 안 된다고 생각한다. 살다보면 나보다 분명 잘하는 사람도 있을 거고, 못하는 사람도 있을 거고, 비등비등하게 하는 사람도 있을 것이다. 하지만 하나하나 일일이 따지기엔 좀 그렇다. 그저 다른 것일 뿐이다.

남이 저만치 앞서간다고 해서 거기에 꼭 맞출 필요는 없다. 나의 수준에 맞춰서 내 방식대로 사는 것이 더 탁월하다. 속도가 빠르다면 줄이면 되고, 너무 느려서 답답하다면 속도를 조금 올리면 된다. 이렇게 자신만의 속도를 찾으면서 즐기고 살아야 한다. 내가 어떻든 남과 너무 비교하면서 살면 안 된다.

원래 '나' 자신을 찾는 게 가장 어렵다. 내가 밟고 있는 단계, 그리고 앞으로 밟아야 할 단계까지도 모두 자기 자신이 설정해야 된다.

단지 남이 좋아 보인다는 이유로, 부럽다는 이유만으로 겉만 번지르르하게 칠하는 건 진짜 내가 아니다.

분노를 느끼면 당장 그 자리에서 벗어나세요.

우에니시 아키라, 『둔감력 수업』, 다산북스, 2019.

너무 분노를 벌레 보듯 여기는 것 같다. 분노 때문에 자리를 벗어나라는 건 골치 아픈 일이 생기기 전에 그만하라는 경고로 보이기도 한다. 그렇지만 분노가 대체 뭐 어때서 그러는지 모르겠다.

분노에는 순수하게 오로지 '분노' 한 가지의 감정만 있지는 않다. 그 속에는 억울함이나 속상함과 같은 여러 감정들이 있을 수 있다. 이런 여러 감정을 무조건 숨기고 피하기만 해야 될까? 우리는 분노를 통해 속에 담긴 응어리들을 풀 수도 있다. 물론, 때에 따라 다른 방법으로 분노를 풀어야 한다.

분노도 하나의 감정이니 아예 무시할 순 없는 법이다. 그런데 분노를 느끼게 되면 당장 그 자리에서 벗어나라니. 화를 안 내고 사람이 어떻게 살 수 있을까. 화를 안 내게 하면 안 내겠지만 꼭 화를 내게 만드는 주범이 있다. 그래서 화를 내는 건데. 따지고 보면 분노가 벗어날 정도로 중요치 않는 감정이었더라면 애초부터 만들어지지도 않았을 것이다. 분노가 이미 존재하는 이상 속에서 썩히지 말고 써먹어야 한다.

분노가 둔감해져야 할 대상인지는 다시 한 번 생각해 볼 필요가 있다.

편지, 고민하다

도예은의 문장

대구중에 다니고 있는 평범한 학생이다.
책 읽기가 취미이며
'삶'이라는 흰색 도화지를 조금씩
자신만의 색으로 채워가고 있는 중이다.

사막이 아름다운 것은 그 안에 오아시스가 있기 때문이야.

생텍쥐페리, 『어린왕자』, 삼성출판사, 2013.

인생을 비관적으로 생각했던 적이 있었다. '이렇게 살아봤자 뭐해?' 이런 식으로.

내 삶에는 거의 희망이 없었다. 아니, 희망은 아예 없었다. 그때 내 모습이 말할 수 없을 만큼 싫었다. 옛날의 밝고 행복했던, '모범생 도예은'은 떠나버리고 대신 '인생 낙오자'가 슬그머니 고개를 들기 시작할 뿐. 아무것도 하기 싫고 무기력했다. 얄팍하고 간당간당한 인간관계, 외모 집착, 가족 간의 갈등과 같은 요소들이 행복으로 들떠 있던 내 삶을 한순간에, 눈 깜짝할 새에 망가뜨렸다. 하루하루가 버텨내기 어려웠다. 그때 내 상태는 마치 '시간 정지'와 같았다. 시간은 정지되어 있고, 그 속에 나는 아무것도 안 하고 버티고 있는 것. 이런 내가 봐도 한심했던 내 모습을 언제나 바꾸고는 싶어 하지만, 그럴 힘이 안 나는, 그런 상태였다.

그러다가, 이대론 안 되겠다 싶었다.

'이렇게 살아가다간 나는 영원히 '무기력'이란 이름의 액자 속에 갇혀 있다가 살 거야…'

문득 이 생각이 어렴풋이 들었고, 그때부터 나는 조금씩 변해갔다. 하고 싶은 것부터, 내가 좋아하는 활동부터 사소하게나마 조금씩 조금씩 움직이고, 계획한 일을, 아무리 작은 계획이라도 실천하기 시작했다. 그렇게 다시

'행복'이란 감정이 내 마음속으로 다시 피어난 듯하다.

행복을 이루는 것은 어려운 게 아니다. 그냥 위의 문장처럼, 마치 사막 속의 오아시스처럼 인생을 바라보면 되는 것이다. 사막같이 거칠고, 아프고, 높고, 어려워 보이기만 하는 인생이, 장미꽃의 가시같이 상처도 주는 인생이 아름다운 것은, 그리고 이런 인생을 살아갈 에너지를 주는 것은 그 안에 마치 오아시스 같은 '행복'이 숨겨져 있기 때문이지 않을까?

아직 인생의 반도 살지 않았는데
아니, 어쩌면 반의 반도 살지 않았는데
지금의 내 모습이 고물일지 보물일지 누가 판단할 수 있을까?

조유미, 『나, 있는 그대로 참 좋다』, 허밍버드, 2017.

그런 생각으로 꽉 차 있었던 적이 있었다. 뭐냐고? 바로 '나를 다른 사람들이 어떻게 생각할까?' '나를 사람들이 어떻게 평가할까?' 이런 생각들이었다. 내 머릿속엔 매일, 매시간, 1분 1초. 아니 그 매 순간순간마다 타인의 시선이 깃들여 있었다.

　사실 이때 나는 자존감이 바닥을 쳤다. 내 모든 것이 처음 사람을 만난 것처럼 어색하고 부담스러웠다. 말투, 목소리, 일어서거나 걷는 몸짓 등등… 내 모든 동작이 부자연스럽고 답답했었다. 다른 사람을 대하는 것도 예전 같지 않았다. 지금 생각하니깐 나는 그때 타인의 시선과, 평가에 얽매여서 매일매일을 힘들게 살아왔던 것 같다. 물론, 그때는 꿈에서도 그 사실을 인지하지 못 했겠지만 말이다.

　지금부터 내가 다른 사람의 시선에 신경 쓰지 않아도 된다는 것을 한 가지 '예시'를 들어 증명해 볼 것이다.

　마치 '과거의 나' 같았던 독자들은 공감을 못 할 수도 있다.

　삶에 지쳤었고, 자기 자신을 사랑하지 않았던, 틀에 박혀 있었던, 그런 나 같은 여러분에게, 차근차근 설명을 시도해 본다.

　예를 들어, 내 성격에 관한 것도 여러 가지 다양한 평가가 내려질 수 있단 사실이다. 나는 어릴 때 답답하다는 소리를 귀에 못이 박히도록 들었다.

잊으려고 귀를 막고 억지로 눈을 감을 정도로. 나는 나의 그 본성이자 천성이 나쁘고 도움이 안 되는 줄 알았다. 그리고 나는 내 성격이 당연히 그냥 '답답한' 줄만 알았다. 하지만 그렇지 않았다. 절대.

우리나라 속담에 '등잔 밑이 어둡다'란 말이 있다. 나는 바로 이런 성격이나 감정의 평면적인 부분만 본 것이었다. 일부러 답답하고 우유부단하게 행동하고 싶지 않았는데… 사람들은 계속 나쁜 쪽으로 평가했고, 나는 이 성격을 겉으로 드러내지 않는 데에 급급했다.

현재 나는 발랄하고 융통성 있게 말하고, 행동하려고 노력하고 있다. 그렇지만 내 원래 본성은 어김없이 터져 나왔다. 하지만 이제 타인들은 다르게 평가한다. 날, 내 성격을. '착하고 배려 잘 하는 사람'. 이렇게 장점으로 180도 달라진 것이다,

똑같은 날 보고도 누구는 나쁘게 평가하고, 또 다른 누군가는 좋게 평가한다. 결론은, 정해진 기준은 없다는 거다. 위에 나타낸 이 두 번째 문장처럼 지금 내 모습이, 그리고 독자 여러분의 모습도 고물일지 보물일지 누가 판단할 수 있을까? 판단할 수 없다.

'인생은 마이 웨이(The life is my way)'란 말이 있다. 그러므로 여러분도 당당해져도 된다. 그럴 자격은 충분히 있다. 사람들의 시선, 평가에 과거의

나처럼 얽매이지 말자. 누군간 당신에게 돌을 던져도, 누군간 오늘도 수고했다고 어깨를 토닥여 주지 않을까?

끝이 아니다, 지금도 충분히 잘하고 있다.

조유미, 『나, 있는 그대로 참 좋다』, 허밍버드, 2017.

얼마 전 TV 프로그램의 마라톤 방송이 내 시선을 끌었다. 마라톤을 할 땐 42.195km의 어마어마한 거리를 수많은 인파들이 함께 달린다. 워낙 먼 거리라 달리는 것이 벅차거나 버거울 수 있어도, 마라톤 선수들은 결승점에 도달하는 것을 목표로 삼고 꾹 참고 인내해서 다시 도전한다. 정말 대단하다는 생각이 어렴풋이 들었던 것 같다.

인생도 이와 비슷하다. 우리가 살고 있는 세상은 험하디 험하다. 마라톤을 뛰는 것처럼 삶도 겨우겨우 버텼는데, 더 이상 살기가 너무 힘들고, 세상이 나를 괴롭히는 듯해서 안타깝게 인생을 포기하는 사람들도 종종 보인다. 얼마나 삶이 벅차고 괴로웠으면 우리나라가 OECD 국가 중 자살률 1위일까? 참담한 세상의 현실을 보여주는 듯하다.

말로 헤아릴 수 없을 만큼 넓은 우주 속의 지구, 그 속에서 하루하루 살아가는 우리들.

앞으로 어떤 일들이 일어날지 모르는 상태에서 우리는 한걸음씩 세상 속으로 걸음을 내딛고 있다. 우리는 마라톤 선수와 같다. 결승점이 코앞에 있었으면 좋겠다고 생각하는 마라톤 선수들처럼, 처음엔 우리도 돈이 많거나 머리가 좋은 것과 같은 조건들을 원래 지니고 있었으면 좋겠다고 꿈꾼다. 하지만 인생이라는 것이 어쩔 수 없다. 어쩔 수 없이 수많은 상처도 겪어야 하고, 수많은 세월도 흘러야 한다. 인생은 마치 음파처럼 쉴 새 없이 오락가락 되풀이된다.

심혈을 기울여 열심히 한 무언가가 물거품이 될 수 있고, 오히려 반대로 대충 무언가를 했는데, 의외로 대박이 날 수도 있는 것이다. 이런 되풀이됨에 나는 처음엔 싫증을 느꼈다. 하지만 곧 새로운 사실 하나를 깨닫게 되었다.

뭐냐고? 바로 '노력한 결과에 따라 행동하지 말고 그 노력 자체를 생각하자'라는 사실이었다. 마라톤으로 예를 들자면, 여러분이 있는 힘껏, 젖 먹던 힘까지 다해, 땀을 뻘뻘 흘리면서 달렸다고 생각해 보자. 독자 여러분의 목표는 '전체거리 완주'였다. 하지만 결국 결과는, 달리던 도중에 쓰러져서 결승점에 아깝게 도달하지 못한 것이었다. 아마도 여러분은 목표를 이루지 못했다는 아쉬움 때문에 실패했다고, 못 달렸다고 생각할 수도 있다. 하지만 여기서 알아둬야 할 것이 있다. 완주를 했냐, 못 했냐의 문제가 아닌 '마라톤'이라는 장거리 달리기에 도전하고 목표에 닿기 위해 열심히 노력했다는 것 자체에 의미를 두어야 한다.

넘어지고, 다치고, 아무리 상처가 나도, 실패하더라도, 꿋꿋하게 견디며 버텨내 보아라. 어쩌면 당신은 이 상황을 못 견딜 수도 있다. 그 쌓인 과정을 맡기 버거울 수도 있다. 하지만 괜찮다. 나는 여러분을 충분히 이해한다. 왜냐하면 나도 그랬던 적이 있기 때문이다.

인생이라는 마라톤의 성공적인 완주를 향해 달려가는 여러분, 도전할 때마다 실패한다고 포기하지 말기 바란다. 어떤 일이든지 결과가 없거나, 성과가 없으면 그 흘러버린 시간을 다 날려버렸다고, 자책하지 마라. '결과'가 아닌 '과정'에 생각의 중심을 두면 당신은 충분히 잘 하고 있단 걸, 언젠간 좋은 결과가 찾아올 것이라는 것을 확실히 알 수 있다.

이 장을 마침과 동시에 오늘도 열심히 달리기 중인 모든 이들에게 이렇게 말해주고 싶다.

'수고했어. 그리고 지금도 잘 하고 있어.'

경주마들은 눈가리개를 착용하고 경주에 뛴다.
그저 앞만 보고 달리라고.
하지만 우리는 앞만 보고 달리는 경주마가 될 수 없다.
그러기에 인생이 너무 아름답기 때문이다.

조유미, 『나, 있는 그대로 참 좋다』, 허밍버드, 2017.

인생에서 혼자라고 생각했던 적이 있다. 나에겐 사는 것이 너무 크고, 두렵고, 무섭고, 막막한 블랙홀이나 마찬가지였다. 이유 없이 불안하고 초조했다. 말로 다 표현할 수 없는 조마조마함 때문에 잘 때도 인생에 대해 생각하다 밤이 끝나버렸다. 이런 일상은 매일 반복이었다.

이때 난… 마치 경주마와 마찬가지였지 않았을까? 앞만 보고 달리는 말.

경주마들은 눈가리개를 쓰고 경주를 한다고 한다. 그저 결승선에 다른 어떤 말들보다도 빨리, 가장 먼저 도착하라고 재촉하는 것 같다. 주변에 아름다운 풍경이 펼쳐져 있지만 한눈 팔지 않고, 그들은 곧이곧대로 단순하게 앞으로만 계속 나아간다.

나도 그랬었다. 누가 따라오지 않는데도 자꾸만 따라오는 듯한 느낌이 들었고, 그냥 빨리 나중에 도움되는 것들만 하고 있었다. 아름다운 배경은 보지 못 하고, 흑백 상자 속에, 그리고 흑백 틀에 갇혀 있었던 것이다.

사실 인생은 경주처럼 누군가가 나와 경쟁하는 것이 아니다. 언뜻 보면 상대가 날 추월하는 생각이 들 수 있지만 사실 전혀 그렇지 않다. 삶을 사는 것은 혼자 가는 것이다. 조그마한 길을 혼자 걸어가는 것이다.

그렇다면 독자 여러분, 이 길이 끝날 때까지 무작정 앞만 보고 '최고 속력'으로 뛰어가는 것이 과연 현명한 행동일까? 나는 절대 그렇지 않다고 생각한다. 오히려 무식하면 무식했지, 누가 따라오지도 않는데 앞만 보고 뛰는 것은 결코 인생에 도움이 되지 않는다.

'인생'이라 불리는 좁은, 홀로 서는 길의 끝은 아무도 알 수 없다. 언제, 어떻게 끝이 날지도 모른다. 그렇기에 앞만 보지 말고 주위를 둘러보라. 앞만 보고 무작정 달리다 보면 에너지만 많이 낭비되어 남은 길을 다 못 갈지도 모른다. 그러니 여러분, 조금 쉬어도 된다. 쉰다고 인생이 바뀌는 것이 아니다. 아니, 오히려 지치고 바쁜 일상에서 벗어나, 더 잘 살기 위해 재충전하는 시간이 될 수도 있다.

사는 것은 속도가 중요하지 않다. 결승점까지 도착하는 게 중요할 뿐이다.

불행했던 과거와 거리두기,
또는 떠나보내기

윤홍균,『자존감 수업』, 심플라이프, 2016.

과거의 기억, 특히 불행했던 과거는 잘 지워지지 않는다. 너무나 힘든 일이었기에, 더더욱 기억하고 싶지 않은 경우가 다반사다. 하지만 안타깝게도 그 기억들은 하나의 영상으로 머릿속에 또렷하게 입력되고, 꽤 오랫동안 사람들을 괴롭힌다. 불을 가슴에 안고 사는 것과 같은 아픈 기억 또는 과거. 평소에는 그저 회상 또는 기억만 날 뿐이지만 자존감이 떨어졌을 때는 상처, 또는 무기로 탈바꿈될 가능성이 아주 높다. 크기는 다르지만 뾰족한 송곳처럼 상처가 그대로 남아 있는 것은 여전하다.

아마 독자 여러분 중에서도 싫고, 힘들었고, 아팠던 과거를 가지고 있는 사람이 있을 거다. 아니, 아마 이 세상 사람들 모두 사소한 것에서부터 큰 것까지, 누구나 조금은, 지금 생각하면 어떻게 버텨냈을지 짐작도 못할 지난 세월의 흔적이 조금씩은 있을지도 모른다. 옛날의 그 상처가 들춰내기 싫고, 두려울 수도 있다. 다시는 생각하고 싶지 않지만 자꾸 선명하게 기억나 괴로울 수도 있을 것이다.

하지만 괜찮다, 괜찮다. '시간이 약'이라는 말도 있지 않은가? 모든 상처와 아픔은 과거에 있다. 그때 상황이 똑같이 현재에 실현될 가능성은 없지 않은가?

시간을 과거로 되돌릴 수 없다. 절대. 그때로부터 지금까지 시간은 많이 흘렀다. 보다시피 여러분이 이 글을 보고 있는 동안에도 1초 1초씩 시간이 흘러가고 있지 않은가? 그러니 과거 때문에 너무 괴로워하지 마라. 그때는 과거였고, 그 과거는 이미 흘렀으니깐.

모든 상처와 아픔은 '과거형' 이다.

대구중학교 인본주의

문장, 고민하다

발행일   2020년 3월 5일
지은이   대구중학교 책쓰기 동아리 '인본주의'
엮은이   강상준
펴낸곳   매일신문사
          대구광역시 중구 서성로 20
          053-251-1421~3

값 15,000원
ISBN 979-11-90740-00-5